HexenKessel

Verwunschene und mystische Rezepturen

Hexenkessel

Verwunschene und mystische Rezepturen

HUMUS · AQUA · CAMINUS · O

OTUS

Kesselopfer und Rituale mit Fisch und Fleisch

Kesselopfer und Rituale ohne Fisch und Fleisch

Verbotene Verlockungen

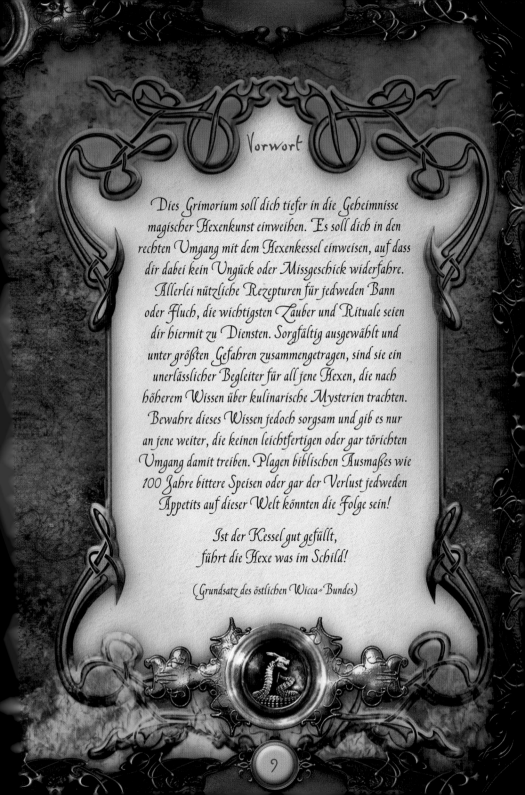

Vorwort

Dies Grimorium soll dich tiefer in die Geheimnisse magischer Hexenkunst einweihen. Es soll dich in den rechten Umgang mit dem Hexenkessel einweisen, auf dass dir dabei kein Unglück oder Missgeschick widerfahre. Allerlei nützliche Rezepturen für jedweden Bann oder Fluch, die wichtigsten Zauber und Rituale seien dir hiermit zu Diensten. Sorgfältig ausgewählt und unter größten Gefahren zusammengetragen, sind sie ein unerlässlicher Begleiter für all jene Hexen, die nach höherem Wissen über kulinarische Mysterien trachten. Bewahre dieses Wissen jedoch sorgsam und gib es nur an jene weiter, die keinen leichtfertigen oder gar törichten Umgang damit treiben. Plagen biblischen Ausmaßes wie 100 Jahre bittere Speisen oder gar der Verlust jedweden Appetits auf dieser Welt könnten die Folge sein!

Ist der Kessel gut gefüllt,
führt die Hexe was im Schild!

(Grundsatz des östlichen Wicca-Bundes)

Gemüse-ABC
Was die weisen Frauen über die Wirkung des Gemüses wussten

Hinweis: Bei ernsthaften Erkrankungen ersetzt der Genuss
der überlieferten Gerichte keinen Arztbesuch.

Artischocke

Sie ist reich an Mineralstoffen und wirkt wohltuend bei Leber- und Gallenblasenleiden.
Wer eine gesunde Leber hat, darf vor dem Verzehr fetter Speisen getrost einen
verdauungsfördernden Artischockenschnaps trinken.

Aubergine

Auberginen sind riesige Folsäurekapseln, die die Bildung roter Blutkörperchen, die
Sauerstoffversorgung und die Immunabwehr verbessern. Bei Einnahme von Antibabypille,
Aspirin oder Schlafmitteln können Auberginen einen Folsäuremangel ausgleichen.
Sie unterstützen die Zellerneuerung und sind in der Schwangerschaft und
während der Stillzeit zu empfehlen.

Blumenkohl

Blumenkohl enthält viel Vitamin C und Kalium, stärkt die Immunabwehr und wirkt
leicht entwässernd, wenn er mit wenig Salz gewürzt wird. Gelenkschmerzen bei Arthrose
und Arthritis werden gelindert. Darüber soll er bei Nervosität und Lernschwäche helfen.
Bei einer Schilddrüsenfehlfunktion wird vom Verzehr großer Mengen Blumenkohls
abgeraten, da er die Aufnahme von Jod behindert.

Bohnen

Grüne Bohnen sind geeignet zum Abnehmen und wirken durch das enthaltene Kalium leicht
entwässernd, wenn mit wenig Salz zubereitet. Die Leber wird bei ihrer Entgiftungsfunktion
unterstützt. Durch den enthaltenen Schwefel helfen Bohnen gegen brüchige Fingernägel,
glanzlose Haare und Hautprobleme. Sie müssen mindestens 10 Minuten gekocht werden.

Brokkoli

Brokkoli stärkt die Immunabwehr durch viel Vitamin C, Beta-Karotin und Zink. Schwangere, Frauen, die die Antibabypille nehmen, und Personen, die viele Medikamente einnehmen, sollten Brokkoli essen, da er viel Folsäure enthält. Auch Frauen mit Osteoporose sollten Brokkoli auf dem Speiseplan haben, da er viel Kalzium und Kupfer enthält. Das Bindegewebe wird gekräftigt und die Fettverbrennung aktiviert. Brokkoli wirkt entwässernd (bei Bluthochdruck besonders zu empfehlen) und hilft bei Stress, da er viel Magnesium enthält.

Endivien

Frauen, die die Antibabypille nehmen, sollten Endiviensalat wegen seines Folsäuregehalts regelmäßig verzehren. Die Bitterstoffe regen die Verdauung an. Ältere Menschen mit Appetitmangel sollten täglich ein Schälchen Endiviensalat vor dem Hauptgericht gut zerkaut zu sich nehmen.

Grüne Erbsen

Die enthaltenen B-Vitamine stärken Nerven, Gehirn und den Zuckerstoffwechsel. Grüne Erbsen unterstützen die Funktionstüchtigkeit des Herzens, regulieren den Blutdruck und sind wichtig für die Fortpflanzungsfähigkeit. Zum Knochenaufbau und der Gefäßelastizität trägt das in Erbsen gespeicherte Kupfer bei.

Feldsalat

Im Winter bietet er guten Schutz vor Erkältungen wie Entzündungen im Stirn- und Kieferhöhlenbereich und der Bronchien. Häufige Entzündungen im Vaginal- und Blasenbereich können Zeichen eines Vitamin-A-Mangels sein. Auch wer viel am Bildschirm arbeitet, hat einen erhöhten Bedarf an Vitamin A. Daher sollten Betroffene öfter betacarotinhaltige Nahrungsmittel wie Feldsalat essen.

Fenchel

Fenchel eignet sich gut als Erkältungsprophylaxe. Er wirkt durch seine ätherischen Öle anregend auf die Schleimhäute im Atembereich und die Selbstheilungskräfte und hilft gegen

Stress. Wer keine Milchprodukte verträgt, kann seinen Kalziumbedarf teilweise mit Fenchel decken. Fenchel hilft bei Blähungen und wird daher gerne mit Hülsenfrüchten wie Erbsen oder Gartenbohnen kombiniert. Für Bluthochdruck und andere Erkrankungen, bei denen eine entwässernde Wirkung erwünscht ist, wird Fenchel sehr empfohlen.

Grünkohl

Er hilft bei Osteoporose, die Knochenfestigkeit zu verbessern, und bei Stress, die Nerven zu beruhigen. Grünkohl stärkt die Immunabwehr und die Leber bei der Entgiftungsarbeit und senkt Bluthochdruck.

Kartoffeln

Kartoffeln gehören zu den besten Lieferanten von Kohlenhydraten und sorgen für einen stetigen Glukosezustrom ins Blut. Ihre Ballaststoffe regeln die Verdauung und senken die Blutfettwerte. Kartoffeln sind reich an Kalium. Dieses Mineral stärkt Zellen und Muskeln (vor allem auch den Herzmuskel) und hilft, den Blutdruck zu senken. Kartoffeln vom Bioladen oder Bauern sollte man mit Schale essen, um die lebenswichtigen Biostoffe aufzunehmen, die gerade unter der Schale besonders hoch konzentriert sind.

Kohlrabi

Durch seinen Selen-Reichtum stärkt er die Immunabwehr und die Bildung der Knochensubstanz. Wer häufig Alkohol und Nikotin konsumiert, benötigt viel Selen. Kohlrabi hilft bei Stress, da er viel vom Antistressmineral Magnesium enthält. Sein Kaliumgehalt wirkt leicht entwässernd, vor allem bei Bluthochdruck ein Vorteil.

Kürbis

Kürbis hält die Schleimhäute in Magen, Darm und Blase feucht und gesund, schützt die Augen vor dem Austrocknen und stärkt die Sehkraft. Er wirkt wohltuend auf die Abwehrkräfte in fetthaltigem Gewebe wie den Zellwänden. Seine Folsäure ist notwendig für die Bildung roter Blutkörperchen und fördert die Sauerstoffversorgung des Gewebes. Kürbis wirkt entwässernd.

Linsen

Bei Blutarmut oder Eisenmangel, die meist gemeinsam mit einem Kupfermangel auftreten, sollten Linsen mindestens einmal pro Woche auf dem Speiseplan stehen. Sie unterstützen die Bildung roter Blutkörperchen, die Regeneration und Neubildung von Zellen sowie die Wundheilung. Ihr Zinkanteil ist essenziell für die Fortpflanzung. Linsen sind gut für die Nerven, wirken angstlösend und beruhigend.

Mais

Mais ist ein Energieträger ersten Ranges. Er unterstützt die Nervenfunktion und hilft, Stressfolgen abzumildern. Die Kombination mit Vitamin- und Mineralstoffträgern wie Brokkoli ist zu empfehlen.

Mangold

Mangold hilft, freie Radikale zu binden und die Schleimhäute im Verdauungs-, Atem- und Vaginalbereich gesund zu halten. Er wird bei Stress, Magen- und Darmbeschwerden sowie erhöhtem Alkohol- und Tablettenkonsum empfohlen und fördert bei Kindern und Jugendlichen das Knochenwachstum. Mangold soll, besonders für alle, die viel am Bildschirm arbeiten, wohltuend für die Augen sein.

Möhren

Sie wirken vorbeugend gegen Magen- und Blasenkrebs, da sie freie Radikale neutralisieren und werden daher sogar vom amerikanischen Gesundheitsinstitut NIH zur Krebsprophylaxe empfohlen. Möhren erhalten die Schleimhäute im Verdauungs- und Atmungsbereich gesund.

Paprika

Gemüsepaprika neutralisiert freie Radikale und beugt dem vorzeitigen Alterungsprozess vor. Die Antioxidantien in der roten Paprika tragen dazu bei, die Entstehung von Krebs zu verhindern oder zumindest hinauszuschieben. Paprika unterstützt die Immunabwehr.

Pastinake

Das kalorienarme Gemüse eignet sich für die Gewichtsreduktion. Aufgrund ihres hohen Chromgehalts können Pastinaken auch von Personen mit Zuckerverwertungsstörungen genossen werden. Sie unterstützen die Entgiftungsfunktionen der Leber. Schwangere sowie Frauen, die die Antibabypille nehmen, sollten Pastinaken wegen ihres hohen Folsäuregehalts häufig essen. Sie wirken leicht entwässernd.

Petersilie

Sie unterstützt die Immunabwehr; aggressive Substanzen im Körper werden neutralisiert, freie Radikale haben keine Chance. Die Leber leistet bessere Entgiftungsarbeit. Durch den Genuss von Petersilie verlangsamt sich der Puls, der Blutdruck sinkt. Bei Magen- und Darmgeschwüren sollte Petersilie nicht verzehrt werden. Frauen sollten während der Schwangerschaft Petersilie nur in geringen Mengen zu sich nehmen. Höhere Dosen sind gefährlich, denn sie könnten im Extremfall sogar eine Frühgeburt auslösen.

Porree

Porree oder Lauchgemüse harmonisiert die Immunabwehr. Die Verdauung wird durch Anregung der Gallensäureproduktion in der Leber verbessert. Porree sollte deshalb ergänzend zu fetthaltigen Speisen gegessen werden. Die enthaltenen ätherischen Öle besitzen eine infektionshemmende Wirkung.

Rettich

Er wirkt entwässernd (gut bei Bluthochdruck) und unterstützt das Immunsystem. Seine ätherischen Öle fördern die Produktion des Gallensafts und wirken wohltuend auf Verdauung und Stoffwechsel. Rettich kann die Vermehrung von Bakterien blockieren und den Cholesterinspiegel senken. Er lindert Leber- und Gallenblasenleiden. Rettichsaft mit Honig, mehrmals täglich teelöffelweise eingenommen, befreit die Atemwege. Bei empfindlichem Magen ist Rettich leider nicht geeignet.

Rosenkohl

Ihm wird krebshemmende Wirkung nachgesagt. Rosenkohl sollten alle regelmäßig essen, in deren Familie Krebs im Verdauungsbereich aufgetreten ist. Die Krankheitsentstehung soll so verzögert oder sogar verhindert werden können. Die Eiweißverdauung wird verbessert, Ödeme ausgeschwemmt, die Elastizität des Gewebes sowie der Knochen verbessert. Rosenkohl tut Frauen, die die Antibabypille nehmen, sowie Frauen in der Menopause wohl. Er fördert die Bildung roter Blutkörperchen und schützt vor Erkältungen.

Rote Beete

Sie regen die Entgiftungsfunktion der Leber, die Galle und die Blutbildung an. Wer Aspirin, Schlafmittel, die Antibabypille oder viel Alkohol zu sich nimmt, braucht vermehrt Folsäure. Rote Beete sind hier sehr zu empfehlen. Bei Durchfall, Infektionsanfälligkeit und Müdigkeit sollten Rote Beete jede Woche auf dem Speiseplan stehen. Sie festigen Gefäßwände (hilfreich bei Krampfadern); ihr regelmäßiger Verzehr soll sich positiv auf die Stimmung auswirken.

Sauerkraut

Das Kraut stabilisiert die Darmflora und ist gut für den Magen, daher sollten ältere Menschen regelmäßig Sauerkraut essen. Es kurbelt den Eiweißstoffwechsel an und stärkt die Nerven. Sauerkraut mit Sojabohnen oder etwas Fleisch soll Gefäßverkalkung und Herzinfarkt vorbeugen.

Schwarzwurzel

Schwarzwurzel fördert die Blutbildung durch ihr Kupfer und Eisen. Ihr Kupfergehalt wirkt gegen Osteoporose, vor allem bei Personen, die regelmäßig Kalziumtabletten, Aspirin oder Säureblocker einnehmen und dadurch unter Kupfermangel leiden. Sie stärkt die Entgiftungsfunktion der Leber.

Sellerie

Der Knollensellerie hat eine entspannende Wirkung auf die Muskulatur im Magen-,

Darm- und Beckenbereich. Frauen mit Menstruationsbeschwerden schildern eine Besserung durch den Verzehr von Sellerie. Knollensellerie sollte in der Schwangerschaft nicht in großen Mengen gegessen werden, da er zu Gebärmutterkontraktionen führen kann.

Shiitakepilze

Die Pilze senken Cholesterinwerte und beugen, regelmäßig verzehrt, Gefäßverkalkung, Herzinfarkt und Schlaganfall vor. Sie unterstützen die Immunabwehr und die Heilung bei Virus- und Krebserkrankungen. Regelmäßig verzehrt, können sie auch rheumatische und ähnliche Beschwerden lindern und lassen Haut und Haar wieder gesund aussehen.

Sojabohnen

Sojabohnen, zwei- bis dreimal pro Woche verzehrt, senken das Cholesterin im Blut, wohltuend bei Erkrankungen des Herz-Kreislauf-Systems. Sie unterstützen die Herz- und die Entgiftungsfunktion der Leber. Gichtkranke sollten kleinere Portionen wegen des Puringehalts der Bohnen essen. Sojabohnen sind eine Labsal für gestresste Nerven. Haut, Haare und Fingernägel werden wieder gesund und straff, Muskeln aufgebaut und die Gallensteinbildung gehemmt.

Spargel

Er wirkt entwässernd (gut bei Bluthochdruck) und fördert die Immunabwehr, die Entgiftungsfunktion der Leber, die Bildung roter Blutkörperchen und die Sauerstoffversorgung. Alle, in deren Familie öfters Herzinfarkte auftreten, sollten Spargel zu ihrer Lieblingsspeise erklären.

Spinat

In der kalten Jahreszeit schützt Spinat durch sein Vitamin C vor Infektionen. Er hilft bei der Energiefreisetzung, stärkt die Muskulatur, die Entgiftungsfunktion der Leber und hilft gegen Stress. Personen mit Bluthochdruck schätzen seine entwässernde Wirkung.

Tomate

Der Tomate wird eine schützende Wirkung vor Krebs- und Herz-Kreislauf-Erkrankungen nachgesagt. Personen mit Zuckerverwertungsstörungen sollten Tomaten essen, da deren Chrom und Biotin den Zuckerstoffwechsel unterstützen. Die enthaltene Folsäure hilft bei der Zellerneuerung, besonders im Falle der Einnahme von viel Alkohol und Medikamenten. Dies gilt auch für Frauen, die die Antibabypille nehmen.

Weiße Bohnen

Sie unterstützen die Leber in deren Entgiftungsfunktion und führen ihr wichtige Aminosäuren zu. Die enthaltenen Kohlenhydrate sättigen lange und verhindern Spitzenbelastungen bei der Insulinproduktion. Die Bohnen schützen vor Arteriosklerose und wirken entwässernd. Ihre Folsäure, ihr Eisen und Kupfer fördern die Bildung roter Blutkörperchen. Ihr reichlich enthaltenes Selen schützt das Herz und aktiviert die Immunabwehr.

Weißkohl

Weißkohl oder Weißkraut hilft, die Wirkung von Strahlenschäden zu lindern und kann Magengeschwüre zum Abheilen bringen. Jede Woche je einmal roh und einmal gekocht genossen, ist er allen zu empfehlen, in deren Familie Darmkrebs vorkommt.

Zucchini

Zucchini sind geeignet für die Gewichtsreduktion und als Nervennahrung. Sie helfen, Enzyme aufzubauen, fördern Konzentration und geistige Frische.

Zwiebel

Zwiebeln haben ähnlich gute Eigenschaften wie Knoblauch, aber ohne dessen störenden Geruch. Sie regen die Magensaftproduktion an, senken den Cholesterinspiegel und beugen Gefäßverkalkung vor. Täglich verzehrt, können sie die Bildung von Blutgerinnseln verhindern und das Schlaganfall- oder Herzinfarktrisiko verringern. Durch den Genuss von Zwiebeln wird eine gesunde Darmflora gefördert.

Überliefertes fürs Wicca-Buffet

In finstrer Nacht ist es gescheh'n,
auf einer Lichtung tief im Wald.
Kein Mondlicht war zu seh'n,
und was geschah, erfährst du bald!

Ein Häuschen stand auf jener Lichtung,
schräg und alt und wunderlich.
Nebel kommt aus jeder Richtung,
Schreie hört man fürchterlich!

Drei Hexen fanden sich dort ein,
mit finstren Plänen, frisch gemacht,
für Trank, Mixtur und allerlei,
und es roch so grauenhaft!

(Wanderlied walisischer Mönche, 1374)

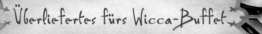
Zwiebelsoßenbann

(1 Portion)	15 g Zucker	etwas Essig
2 Zwiebeln	2 EL Mehl	Saft von ½ Zitrone
1 EL Butter	300 ml Fleischbrühe	Salz, Pfeffer

Die Zwiebeln schälen und fein hacken. Die Butter mit dem Zucker in einem Topf zerlassen und die Zwiebeln darin glasig dünsten. Das Mehl darüber stäuben, unter Rühren mit der Brühe aufgießen, aufkochen und mit dem Essig, dem Zitronensaft und den Gewürzen abschmecken. Den gewünschten Bannspruch darüber aussprechen und sofort servieren. Die Soße passt gut zu Hackbraten.

Kaltes Kräuteropfer

(1 Portion)	2 Zwiebeln	3 EL Öl
1 Handvoll Kräuter	2 gekochte Eigelb	Salz, Pfeffer
	3 EL Essig	

Die Kräuter (Petersilie, Schnittlauch, Dill, Rosmarin) waschen, trocknen und fein hacken. Die Zwiebeln schälen und hacken. Die 2 Eigelb mit dem Essig und dem Öl glatt rühren, salzen, pfeffern, mit den Kräutern und den Zwiebeln vermengen. Die Soße passt zu kaltem Braten beim Brunch.

Sündhafte Himbeersoße

(1 Portion)
300 g Himbeeren
150 g Zucker

1 TL Zimt
150 ml Weißwein
1 EL Stärkemehl

Die Himbeeren durch ein Tuch drücken. Den Saft auffangen, mit dem Zucker, dem Zimt und dem Wein erhitzen. Das Mehl in wenig kaltem Wasser anrühren, hinein geben und kurz aufkochen. Die Soße passt gut zu Hefeknödeln oder Vanille-Eis.

Sankt-Johannis-Soße

(1 Portion)
300 g rote
Johannisbeeren
150 g Zucker

1 TL Zimt
Schale von 1 Zitrone
3 Gewürznelken
1-2 EL Stärkemehl

Die Beeren waschen, entstielen und in etwas Wasser kochen. Den Sud absieben, mit dem Zucker, dem Zimt, der Zitronenschale und den Nelken erhitzen, die Nelken später entfernen. Die Stärke mit wenig Wasser anrühren und kurz im Sud aufkochen. Die Soße passt gut zu kaltem Rinderbraten beim Brunch.

Trunkene Mandelsoße

(1 Portion)
70 g gemahlene
Mandeln
½ Schnapsglas
Kirschwasser

300 ml Hühner- oder
Kalbfleischbrühe
2 EL Butter
2 EL Mehl
50 ml süße Sahne

Die Mandeln mit dem Kirschwasser in einem Topf erhitzen und mit der heißen Brühe auffüllen. In einem Tiegel die Butter zerlassen, mit dem Mehl verrühren und zum Binden in die Soße rühren. Vom Feuer nehmen und die Sahne dazu geben. Die Mandelsoße passt zu Hühnchen oder Kalb.

Garstiger Spinatsoßenfluch

(1 Portion)
1 Handvoll Spinat
3 Eigelb
3 EL Zitronensaft

3 EL Öl
Salz, Pfeffer
Muskat

Den Spinat waschen, grobe Stiele entfernen, dann kochen, abtropfen und pürieren. Die 3 Eigelb mit Zitronensaft und Öl in einer Schale verrühren, zum Spinat geben, mit Salz, Pfeffer und Muskat würzen.
Passt zu Fisch oder als Marinade zu Gebackenem.

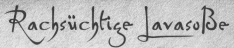

Rachsüchtige Lavasoße

(1 Portion)
1 rote Paprikaschote
1 Zwiebel
2 Knoblauchzehen
2 Chilischoten

1 Stängel Thymian
1 Stängel Rosmarin
1 EL Olivenöl
1 TL Ketchup
1 Bund Petersilie

Die Paprika säubern und klein würfeln. Die Zwiebel und den Knoblauch schälen und mit den entkernten Chilis und den gewaschenen Kräutern fein hacken. Alles in einer Schüssel mit dem Öl und dem Ketchup vermengen und kalt stellen. Vor dem Grillen die Petersilie waschen, hacken und zur Soße geben. Ein Klassiker fürs Grillfleisch oder als Dip für Tortilla-Chips!

Gequälte Gurkensoße

(1 Portion)
1 Gurke
½ gelbe Paprikaschote
2 EL frischer Dill
250 g Sauerrahm
Salz, Pfeffer

Die Gurke waschen, schälen, hobeln und mit den Händen das Wasser ausdrücken. Die Paprika waschen, entkernen und klein schneiden. Den Dill hacken, mit dem Gemüse und dem Rahm mischen, mit Salz und Pfeffer abschmecken. Die Soße cremig rühren und kalt stellen. Lecker als Grillsoße oder als Füllung für Backkartoffeln.

Berauschte Meerrettichsoße

(1 Portion)
1 EL Ketchup
3 EL Mayonnaise
Pfeffer, Salz

1 TL frisch geriebener
Meerrettich
Saft von ½ Zitrone
½ Glas Whiskey

Den Ketchup und die Mayonnaise mischen, salzen, pfeffern, mit dem Meerrettich (aus dem Glas), Zitronensaft und Whiskey (oder Cognac) verrühren. Eine leckere Soße zu kaltem Braten!

Bananen-Curry-Voodoo

(1 Portion)
1 reife Banane
150 ml Joghurt
3 EL Mayonnaise

1 TL Zitronensaft
1 EL Currypulver
½ TL Zucker
Salz

Die Banane schälen, in einer Schüssel mit der Gabel zerdrücken, mit dem Joghurt und der Mayonnaise kräftig mischen, mit dem Zitronensaft und den Gewürzen abschmecken und 1 Stunde kühl ziehen lassen. Eine so exotische Grillsoße mag nicht jedermanns Geschmack sein, doch sind Viele von der Kombination Banane=Grillfleisch positiv überrascht!

Radicchiosalat mit Lachsforelle in Orangenmarinade

(4 Portionen)
1 Lachsforelle (ca. 700 g)
Salz
2 Stängel Petersilie
2 EL Mehl
4 Schalotten
2 Orangen
1 Zitrone

4 EL Pflanzencreme
zum Braten
125 ml Martini weiß
(extra trocken)
1 TL Gemüsebrühpulver
2 EL Pinienkerne
1 kleiner Radicchio-
Kopf

1 Fenchelknolle
2 EL weißer
Balsamico
1 TL Maggi-
Würzmischung 4
(„Knackige Salate")
4 EL Olivenöl

Den Fisch innen und außen waschen und trocken tupfen. Innen mit Salz würzen. Die Petersilie waschen, trocken schütteln und in die Öffnung der Lachsforelle legen. Den Fisch mit dem Mehl bestäuben. Die Schalotten schälen und in Ringe schneiden. 1 Orange und die Zitrone auspressen. In einer großen Pfanne den Fisch in der heißen Bratcreme beidseitig anbraten. Die Schalotten, dann Orangen- und Zitronensaft und den Martini dazu geben und kurz dünsten. Das Brühpulver darin auflösen und alles zugedeckt 10-12 Minuten garen. Den Fisch heraus nehmen, die Soße auf die Hälfte einkochen und den Fisch wieder hinein legen. Bis zum Servieren zugedeckt kühl stellen. Für den Salat die Pinienkerne trocken in einer Pfanne rösten. Den Radicchio putzen, waschen und mundgerecht zerpflücken. Den Fenchel putzen, waschen und in feine Streifen hobeln. Die zweite Orange schälen, die weiße Haut entfernen und in Spalten schneiden. Den Balsamico mit der Maggi-Würzmischung und dem Öl zu einem Dressing verrühren und über den Salat geben. Den Fisch filetieren, mit etwas Soße und dem Salat auf Tellern anrichten und mit Pinienkernen bestreut servieren. Dazu passt frisch aufgebackenes Ciabatta.

Süße Wassermelonen-Folter-Soße

(1 Portion)
300 g gekühlte
Wassermelone

2 Zwiebeln
4 EL Ketchup

1 TL Honig
Salz, Cayennepfeffer

Die Melone schälen und entkernen. Das Fruchtfleisch mit den geschälten Zwiebeln grob würfeln, in einer hohen Schüssel pürieren, mit Ketchup, Honig und Gewürzen abschmecken und 1 Stunde kühl stellen. Die Melonensoße schmeckt besonders an einem heißen Sommergrillabend zu jedem Fleisch.

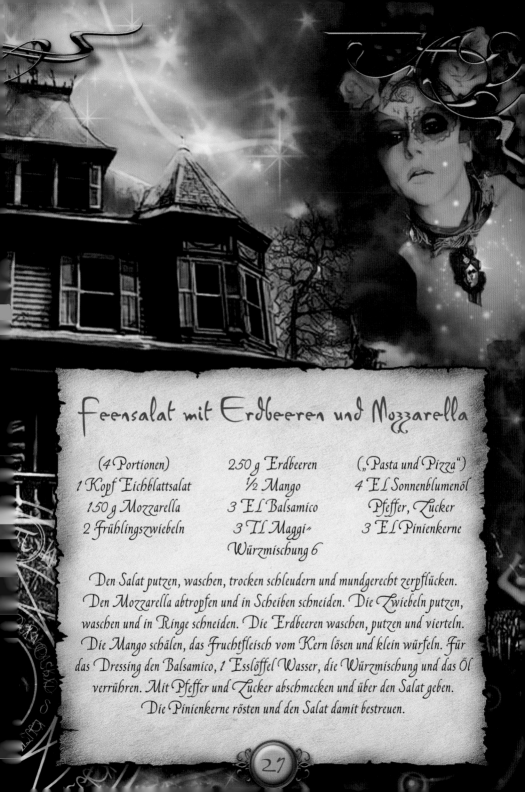

Feensalat mit Erdbeeren und Mozzarella

(4 Portionen)
1 Kopf Eichblattsalat
150 g Mozzarella
2 Frühlingszwiebeln

250 g Erdbeeren
½ Mango
3 EL Balsamico
3 TL Maggi-
Würzmischung 6

(„Pasta und Pizza")
4 EL Sonnenblumenöl
Pfeffer, Zucker
3 EL Pinienkerne

Den Salat putzen, waschen, trocken schleudern und mundgerecht zerpflücken.
Den Mozzarella abtropfen und in Scheiben schneiden. Die Zwiebeln putzen,
waschen und in Ringe schneiden. Die Erdbeeren waschen, putzen und vierteln.
Die Mango schälen, das Fruchtfleisch vom Kern lösen und klein würfeln. Für
das Dressing den Balsamico, 1 Esslöffel Wasser, die Würzmischung und das Öl
verrühren. Mit Pfeffer und Zucker abschmecken und über den Salat geben.
Die Pinienkerne rösten und den Salat damit bestreuen.

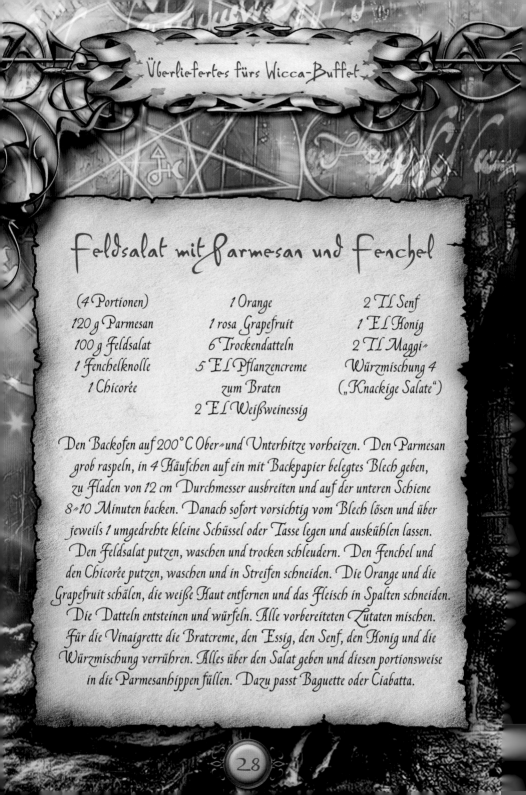

Feldsalat mit Parmesan und Fenchel

(4 Portionen)
120 g Parmesan
100 g Feldsalat
1 Fenchelknolle
1 Chicorée

1 Orange
1 rosa Grapefruit
6 Trockendatteln
5 EL Pflanzencreme
zum Braten
2 EL Weißweinessig

2 TL Senf
1 EL Honig
2 TL Maggi-
Würzmischung 4
(„Knackige Salate")

Den Backofen auf 200°C Ober-und Unterhitze vorheizen. Den Parmesan grob raspeln, in 4 Häufchen auf ein mit Backpapier belegtes Blech geben, zu Fladen von 12 cm Durchmesser ausbreiten und auf der unteren Schiene 8-10 Minuten backen. Danach sofort vorsichtig vom Blech lösen und über jeweils 1 umgedrehte kleine Schüssel oder Tasse legen und auskühlen lassen. Den Feldsalat putzen, waschen und trocken schleudern. Den Fenchel und den Chicorée putzen, waschen und in Streifen schneiden. Die Orange und die Grapefruit schälen, die weiße Haut entfernen und das Fleisch in Spalten schneiden. Die Datteln entsteinen und würfeln. Alle vorbereiteten Zutaten mischen. Für die Vinaigrette die Bratcreme, den Essig, den Senf, den Honig und die Würzmischung verrühren. Alles über den Salat geben und diesen portionsweise in die Parmesanhippen füllen. Dazu passt Baguette oder Ciabatta.

Paprika-Mais-Vision mit Frischkäse

(4 Portionen)   1 Knoblauchzehe
3 Paprikaschoten   50 g Rauke
rot, gelb, grün   2 Beutel Salatmischung
1 Dose Mais (300 g)   „Paprika-Kräuter"
200 g Hüttenkäse   4 EL Keimöl

Die Paprika halbieren, entkernen, waschen, in feine Streifen schneiden, mit
dem abgetropften Mais und dem Käse in einer Schüssel mischen.
Den Knoblauch schälen und dazu pressen, die Rauke (Rucola) unterheben.
Die Würzmischung (z. B. Knorr Salatkrönung Paprika-Kräuter)
mit 6 Esslöffeln Wasser und Keimöl (z. B. Mazola) verrühren und
über die übrigen Salatzutaten geben.

Sauerkraut-Trauben-Verwirrung

(4 Portionen)
1 roter Apfel
1-2 EL Zitronensaft
200 g helle und blaue
Weintrauben

285 g Sauerkraut
1 Beutel Salatmischung
„Zwiebel-Kräuter"
3 EL Keimöl
½ TL flüssiger Honig

Salz, Zucker
2 EL gehackte
Walnüsse

Den Apfel waschen, vierteln, entkernen, in dünne Spalten schneiden und mit Zitronensaft beträufeln. Die Trauben waschen, halbieren und bei Bedarf entkernen. Das Kraut abtropfen. Die Würzmischung (z. B. Salatkrönung von Knorr) in einer Schüssel mit dem Öl (z. B. Mazola), 3 Esslöffeln Wasser und Honig verrühren. Das Obst mit dem Kraut hinein geben, mit Salz und Zucker abschmecken und mit den Nüssen bestreut servieren. Besonders lecker schmeckt die Salatsoße, wenn statt Wasser Apfelsaft verwendet wird.

Verruchte Honig-Serrano-Melone

(ca. 10 Schiffchen)
1 Honigmelone

1 Packung
Serranoschinken (250 g)

Die Melone halbieren und die Kerne mit einem Löffel ausschaben. Die Hälften in schmale Streifen, dann in Würfel unterteilen und diese von der Schale lösen, ohne sie zu entnehmen. Den Schinken in Scheiben schneiden. Je 1 Scheibe als „Segel" an 1 Zahnstocher heften und diese in die Melonenstücke stecken – fertig ist das Melonensegelboot, ein Hingucker für jedes Buffet!

Verwunschene Käsescheiben

(ca. 15 Scheiben)
1 rote Paprikaschote
5–6 Scheiben
Kochschinken

3 geschälte, hart
gekochte Eier
1 Bund Schnittlauch
1 Packung

Kräuterfrischkäse
Salz, Pfeffer
5–6 dünne Scheiben
Gouda

Die Paprika waschen und entkernen, mit dem Schinken, den Eiern und dem gewaschenen Schnittlauch klein würfeln. Den Frischkäse dazu geben, salzen und pfeffern. Die Gouda-Scheiben nebeneinander überlappend auf ein Stück Frischhaltefolie legen und die Frischkäsemasse darauf streichen. Mit Hilfe der Folie die Scheibenreihe von der kurzen Seite her aufrollen und 3–4 Stunden kühl stellen. Dann die Folie entfernen, in Scheiben schneiden und auf runden Pumpernickel-Scheiben oder Toast servieren.

Verlorene Tomaten-Völlerei

(6 Stück)	½ rote Paprikaschote	Salz, Pfeffer
6 große Tomaten	200 g Hackfleisch	1 TL Paprika edelsüß
½ Zwiebel	100 g Kräuterfrischkäse	3 Käsescheiben

Den Backofen auf 160°C vorheizen. Von den gewaschenen Tomaten oben eine Scheibe abschneiden, dann aushöhlen. Die Zwiebel schälen und hacken, die Paprika waschen, entkernen und hacken. Beides mit dem Fleisch, dem Frischkäse und den Gewürzen kurz anbraten, heiß in die Tomaten füllen, mit je ½ Käsescheibe bedecken und ½ Stunde überbacken ~ ein kleiner Snack, auch fürs Buffet.

Scharf-süßes Hühnerbrustopfer

(4 Portionen)
2 Hähnchenbrustfilets
Salz, Pfeffer

1 TL Paprikapulver
edelsüß
2 Mangos
100 ml Mangosaft

50 g brauner Zucker
150 g Zucker
1 Laib Graubrot

Das Fleisch abtupfen, würfeln, nach Geschmack würzen und anbraten. Die Mangos schälen und grob würfeln. Beides abwechselnd auf Schaschlikspieße stecken. Den Mangosaft mit dem ganzen Zucker aufkochen und eindicken lassen. Die Spieße auf ein Backpapier legen, mit dem Mangosud begießen, erkalten lassen und in das Brot stecken – ein leckerer Anblick auf dem Buffet!

Geplagte Pilze mit Hühnerbrust

(4 Portionen)
2 Stück Hühnerbrust
Salz, Pfeffer
175 g gemischter
Blattsalat

1 Knoblauchzehe
1 Zwiebel
250 g Champignons
6 EL Olivenöl
3 EL Walnussöl

2 EL weißer
Balsamico
½ EL Petersilie

Das Fleisch abtupfen, würzen, anbraten, kühl stellen, dann in dünne Scheiben schneiden. Den Salat waschen, trocknen, putzen und auf einen Teller legen. Den Knoblauch und die Zwiebel schälen, fein hacken. Die Pilze abreiben, zerteilen, alles in 2 Esslöffeln Olivenöl anbraten und abgekühlt auf dem Salat anrichten. Für das Dressing das Walnuss- und den Rest Olivenöl mit dem Essig mischen. Mit Salz, Pfeffer und Petersilie würzen, auf den Pilzen verteilen und die Hühnerbrustscheiben dazu legen.

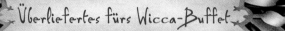

Schweinisches Tomaten-Carpaccio

(4 Portionen)
1 Schweinelende
1 kleine Zwiebel

1 Knoblauchzehe
2 EL Olivenöl
2 EL Balsamico
Salz, Pfeffer

1 EL Honig
300 g Tomaten,
in Stücken

Die Lende waschen, trocknen, würzen, anbraten, kühl stellen und später in
dünne Scheiben schneiden. Die Zwiebel und den Knoblauch schälen und
hacken und im Öl anbraten. Nach dem Abkühlen die restlichen Zutaten
dazu geben, über die Lende verteilen und abgedeckt ½ Stunde kühlen.
Dazu passt ein Salat oder frisch gebackenes Weißbrot.

Lüsterne Pflaumen im Speckmantel

(16 Stück)
16 Pflaumen
150 ml Portwein

8 Scheiben magerer
Frühstücksspeck
3-4 EL Öl

Den Ofen auf 220°C vorheizen. Die Pflaumen einritzen und 1 Stunde im
Portwein einweichen. Den Speck längs halbieren und je 1 Pflaume mit
1 Scheibe umwickeln. In einer Auflaufform im Ofen 10 Minuten backen –
ein Snack zum Rotwein oder zum Brunch mit Ciabatta.

Würzpaste aus schwarzen Seelen und Oliven

(1 Portion)	3 Knoblauchzehen	150 g schwarze Oliven
5 Anchovisfilets	35 g kleine Kapern	5 EL Olivenöl

Die Anchovis 1 Stunde wässern. Den Knoblauch schälen. Alle Zutaten außer dem Öl im Mörser zerstampfen oder im Mixer pürieren. Zuletzt das Olivenöl unterrühren. Die Paste zum Aufbewahren in ein kleines Töpfchen füllen, mit Öl bedecken und kalt stellen. Sie passt zu Grillfleisch oder Fisch oder auf geröstetes Weißbrot.

Lachs-Ritualpastete

(4 Portionen)	1 Becher Frischkäse	2 TL Meerrettich
6 Blatt Gelatine	(200 g)	2 geschälte, hart
400 ml griechischer	2 TL Dill	gekochte Eier
Joghurt	Pfeffer	200 g Räucherlachs

Die Gelatine in kaltem Wasser einweichen. Den Joghurt mit dem Käse und den Gewürzen mischen. In einem Topf mit 3 Esslöffeln Wasser aufkochen und die ausgedrückte Gelatine darin auflösen. Zuerst 3, dann 2 Esslöffel, dann den Rest des Joghurtgemischs zu der Masse geben und vermischen. Eine Pastetenform großzügig überlappend mit Frischhaltefolie auskleiden und von den Eiern 4 - 5 Scheiben auf dem Boden verteilen. Den Lachs zerteilen, zum Joghurt, dann beides in die Form geben. Den Rest der Eier klein schneiden und obenauf legen. Die überlappende Folie darüber klappen und über Nacht kühl stellen. Am Folgetag die Pastete mit der Folie aus der Form lösen und genießen.

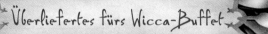

Joghurt-Curry-Dip

(1 Portion)
2 Becher Sahnejoghurt
(150 ml)

80 g Mango-Chutney
1–2 TL mildes
Currypulver
1 unbehandelte Limette

Salz, bunter Pfeffer
½ Bund
Koriandergrün

Den Joghurt, das Chutney und den Curry in einem Rührbecher mit einem Stabmixer pürieren. Die Limette heiß waschen, trocknen, 2 Teelöffel voll Schale abreiben und auspressen. 1–2 Esslöffel Saft und die Schale mit dem Joghurt, Salz und Pfeffer verrühren. Den Koriander waschen, abzupfen, hacken und untermischen. Passt gut zu Grillfleisch oder als Dip aufs Brot.

Rauke-Dip

(1 Portion)
1 Bund Rauke (ca. 30 g)
1 Knoblauchzehe

250 g Magerquark
150 ml Sahnejoghurt
1 EL Olivenöl

Salz, Pfeffer
1 TL Essig

Die Rauke (Rucola) verlesen, dicke Stiele entfernen, waschen, trocknen und mit dem geschälten Knoblauch grob hacken. Quark, Joghurt und Öl verrühren, mit der Hälfte der Rauke und dem Knoblauch vermengen und pürieren. Mit Salz, Pfeffer und Essig würzen. Den Rest Rauke untermischen – ein leckerer Aufstrich, besonders auf gegrilltem Weißbrot.

Römisches Walnuss-Pesto

(1 Portion)
50 g Walnusskerne
1 Knoblauchzehe
20 g Basilikumblätter
10 g Parmesan

3 EL Walnussöl
3 EL Basilikumöl
70 g Schafskäse
Salz, Pfeffer

Die Nüsse, den geschälten Knoblauch und das Basilikum im Mixer zerkleinern. Den Parmesan reiben, dazu geben und mit Walnuss- und Basilikumöl cremig rühren. Den Schafskäse fein zerbröseln und untermischen. Das Pesto ½ Stunde abgedeckt ziehen lassen, vorsichtig salzen und pfeffern.

Estragon-Senf-Probe

(1 Portion)
80 g körniger Senf
2 EL Apfelessig
1 EL Zucker

150 ml Joghurt
150 g Crème fraîche
½ Bund Estragon
Salz, bunter Pfeffer

Den Senf mit dem Essig, dem Zucker, Joghurt und Crème fraîche verrühren. Den Estragon waschen, trocknen, hacken, unterrühren und mit Salz und Pfeffer abschmecken. Schmeckt lecker als Brotaufstrich oder zu Grillfleisch.

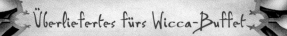
Überirdischer Radieschen-Frischkäse

(1 Portion)
1 kleiner Bund
Radieschen (150 g)

Salz
150 g Doppelrahm-
Frischkäse

50 ml Joghurt
frisch gemahlener
Pfeffer

Die Radieschen waschen, putzen, klein würfeln, in einer Schüssel salzen und 10 Minuten stehen lassen. Den entstandenen Saft abgießen. Den Käse mit dem Joghurt dazu geben, salzen und pfeffern – ein toller Aufstrich auf frisch gebackenem Brot!

Eponas Eieraufstrich

(1 Portion)
50 g TK-Erbsen
2 EL Mayonnaise
1 EL Sahnejoghurt

1 TL mittelscharfer Senf
30 g kleine, weiße
Champignons
¼ kleiner roter Apfel

2 hart gekochte Eier
Salz, Pfeffer
2 TL Zitronensaft
3 Stängel Dill

Die Erbsen mit kochendem Wasser überbrühen und 3 Minuten ziehen lassen, absieben und abtropfen. Die Mayonnaise mit dem Joghurt und dem Senf verrühren. Die Pilze abreiben, putzen und klein würfeln; den Apfel waschen, schälen, entkernen und würfeln. Beides mit der Senfmayonnaise mischen. Die Eier schälen, würfeln, mit den Erbsen unter die Mischung heben und mit Salz, Pfeffer und Zitronensaft abschmecken. Den Dill waschen, trocken schütteln, ohne die groben Stängel hacken und untermischen. Der Eiersalat schmeckt besonders gut auf würzigem Krusten- oder Bauernbrot.

Fleischloser Lust-Aufschnitt

(4 Portionen)	1 TL Paprika edelsüß	½ TL Grill- Gewürzmischung
40 g Sojawürfel	1 EL Hefeflocken	1 EL Olivenöl
1 kleine Zwiebel	1 TL Salz	1 TL Sojasoße
1 rote Paprikaschote	1 Prise Muskat	1 EL Agaven- Dicksaft
je ½ TL Majoran,	1 TL Senf	3-4 EL Pflanzenöl
Thymian und Rosmarin	1 TL Ketchup	90 g Glutenpulver

Die Sojawürfel 5 Minuten in reichlich Wasser kochen, abgießen und abtropfen lassen. Die Zwiebel schälen und würfeln. Die Paprika waschen, putzen und grob würfeln, mit den Soja- und Zwiebelwürfeln und allen weiteren Zutaten außer dem Glutenpulver zusammen mit 50 ml Wasser pürieren. Das Glutenpulver zugeben, alles zu einem knetbaren Teig verarbeiten. Ist die Masse nicht fest genug, weiteres Glutenpulver einarbeiten, bis sich der Teig feucht und leicht porös anfühlt und gut zusammenhält. Den Ofen auf 200°C vorheizen. Die Masse zu 3 Rollen von 5 cm Dicke formen. Diese jeweils nicht zu fest (die Masse quillt noch nach) in leicht geölte Alufolie einrollen und an den Enden gut verschließen. Die Rollen auf dem Rost im Ofen 35 Minuten garen, heraus nehmen und abkühlen lassen (am besten über Nacht im Kühlschrank), erst dann aufschneiden.

Gemüse-Teewurst aus dem Hexengarten

(1 Portion)	100 g rote Linsen	Salz, Pfeffer
¼ l Tomatensaft	1 gelbe Paprikaschote	1 Stängel Basilikum

Den Saft aufkochen, die Linsen dazu geben und bei schwacher Hitze 10 Minuten köcheln, dann pürieren. Die Paprika waschen, putzen, grob zerkleinern und fein raspeln. Alles unter die Linsen rühren und mit Salz, Pfeffer und frisch gehacktem Basilikum abschmecken. Die Paste in einem Schraubglas bis zu 5 Tage kühl aufbewahren.

Dunst- und Nebelbrodelei

„Ein Süppchen ich heut' kochen will",
sprach die Hex' mit spitzem Hut.
„Mit allem, was ich drin haben will!"
Entfacht sogleich des Feuers Glut.

„Was hab' ich da, was steht im Schrank,
hab ich genügend Kräuter hier?
Ist's für die Liebe oder gegen Krank,
heut' tu' ich Gutes mir!"

So kocht' sie los, wie's immer war.
Doch als sie dann am Löffel leckt',
da ward es ihr auf einmal klar:
„Besser ich koch' nach Rezept!"

(Sindarin die Unbekümmerte,
Schülerin des Mondstein-Clans)

40

Kokos-Ingwer-Möhrensüppchen mit Garnelen-Voodoo

(4 Portionen)
1 Zwiebel
½ kg Möhren
4–5 kleine Kartoffeln
5 cm Ingwer
1 Brühwürfel

Salz, Pfeffer
3 TL Currypulver
½ TL Chilipulver
2–3 Spritzer
Zitronensaft
1 Dose Kokosmilch
(¼ l)

125 ml Orangensaft
4 große Garnelen
1 Knoblauchzehe
2 EL Olivenöl
2 EL Petersilie oder
Koriander

Die Zwiebel, dann die Möhren, die Kartoffeln und den Ingwer schälen, zerkleinern und mit 1 Liter Wasser und dem Brühwürfel aufkochen und garen. Die Suppe pürieren und mit den Gewürzen und dem Zitronensaft abschmecken. Drei Viertel der Kokosmilch und den Orangensaft dazu geben. Die Garnelen waschen, putzen und schälen, den Knoblauch schälen und fein hacken, beides im Öl anbraten. Den Rest Kokosmilch mit dem Mixstab aufschäumen. Die Suppe auf 4 Teller verteilen, in die Mitte je 1 Esslöffel Kokosschaum geben und 1 Garnele oder nach Geschmack eine andere Einlage darauf legen und mit den Kräutern bestreuen.

Übersinnliche Lauchsuppe mit Fischeinlage

(4 Portionen)	40 g Butter	(Rotbarsch, Seelachs,
½ kg Porree	100 ml trockener	Seezunge)
2 EL Öl	Weißwein	Saft von ½ Zitrone
250 g Kartoffeln	Salz, weißer Pfeffer	2 EL Dill
	½ kg Fischfilet	

Den Porree (Lauch) waschen, trocknen, in Scheiben schneiden und kurz im Öl andünsten. Die Kartoffeln schälen, würfeln, mit 600 ml Wasser und dem Wein dazu geben und weich kochen. Alles pürieren, salzen, pfeffern und köcheln lassen. Das Filet trocken tupfen, würfeln, mit Zitronensaft beträufeln, kurz anbraten, auf Suppenteller verteilen, mit Suppe auffüllen und vor dem Servieren mit Dill bestreuen.

Köstlicher Lebersüppchen-Fluch

(4 Portionen)	(Möhre, Sellerie)	½ Tasse Semmelmehl
100 g Geflügelleber	oder Porree	Salz, Pfeffer
½ kg Suppenhuhnteile	1 große Zwiebel	2 TL Paprika edelsüß
1 Stück Wurzelwerk	2 Eier	1 Messerspitze Muskat

Reichlich Wasser mit 1 Esslöffel Salz in den Kessel füllen, darin die Leber und die Fleischteile 10–15 Minuten kochen. Das Fleisch entnehmen, von den Knochen lösen und kleiner teilen. Den Sud durch ein Sieb gießen und zurück in den Kessel geben. Das Gemüse waschen, nach Bedarf ebenso wie die Zwiebel schälen und würfeln, dazu geben und zusammen mit dem Fleisch gar köcheln. Die Eier in eine Tasse schlagen, mit dem Semmelmehl verrühren, in den kochenden Sud rühren und kurz aufkochen. Das Feuer zügeln und die Suppe mit den Gewürzen abschmecken.

Chili-Senf-Hühnerdampf

(4 Portionen) 40 g Mehl Fruchtaufstrich
1 Zwiebel ½ l Hühnerbrühe 3 EL Chili-Senf
50 g Butter 6 EL Ingwer- 20 ml süße Sahne

Die Zwiebel schälen, hacken, in der Butter anbraten und mit dem Mehl verrühren. Mit der Brühe aufgießen und köcheln lassen. Den Ingweraufstrich, vermengt mit dem Senf und der Sahne, in die heiße Suppe rühren. Bei Bedarf nachwürzen. Dazu passen geröstete Weißbrotwürfel.

Erdnusscremesuppe mit Kabanossikult

(4 Portionen) 1 Stange Porree 50 ml süße Sahne
100 g Kabanossi ½ kg Kartoffeln 4 EL geröstete
2 EL Öl 1 EL Erdnusscreme Erdnüsse
¾ l Gemüsebrühe Salz, Cayennepfeffer

Die Kabanossi in dünne Scheiben schneiden, im Öl anbraten und mit der Brühe auffüllen. Den Porree waschen, putzen und klein schneiden, die Kartoffeln schälen, würfeln und beides, ebenso wie die Nusscreme, dazu geben und gar kochen. Würzen, mit Sahne verfeinern und mit den gehackten Erdnüssen garnieren.

Winter-Wirsing-Zeremonie

(4 Portionen)
1 kleine Zwiebel
1–2 kleine Möhren
50 g Knollensellerie
400 g Wirsing

3 EL Pflanzenöl
750 ml Gemüsebrühe
4–5 Kartoffeln
½ TL Honig
Pfeffer, Piment
Muskat, Ingwer

Kreuzkümmel
3 Würstchen
(Frankfurter)
2 EL Schmand
4 EL Petersilie

Die Zwiebel und das Gemüse nach Bedarf schälen, waschen, zerkleinern, mit dem Öl andünsten und mit der Brühe auffüllen und aufkochen. Die Kartoffeln schälen, würfeln, dazu geben, pikant mit Honig und den Gewürzen abschmecken und köcheln. Die Würstchen zerteilen und kurz vor dem Servieren dazu geben. Die Suppe auf 4 Suppenteller verteilen, mit Schmand und Petersilie garnieren.

Exkommunizierte Pizzasuppe

(4 Portionen)
2 Knoblauchzehen
3 Zwiebeln
1 rote Paprikaschote
3 EL Öl
1 Dose Tomaten (400 g)

75 g Champignons
150 g Rinderhack
75 g Speckwürfel
40 g Kräuterschmelzkäse
50 ml süße Sahne
10 g Mehl

½ Würfel
Gemüsebrühe
1 EL Pizzagewürz
1–3 TL Zucker
Salz, Pfeffer,
Paprikapulver

Den Knoblauch und die Zwiebeln schälen, mit der Paprika klein hacken und im Öl andünsten. Die Tomaten würfeln, die Pilze in Scheiben schneiden. Das Fleisch und den Speck, dann alle anderen Zutaten und 100 ml Wasser dazu geben und ¼ Stunde köcheln.

Schnelle Zigeunersuppe

(4 Portionen)
½ kg Hackfleisch
2 EL Öl
1 Dose Champignons
(250 g)

1 Glas Pusztasalat
(370 g)
1 Dose Gulasch (250 g)
50 g Tomatenmark
200 g Sahneschmelzkäse

200 ml süße Sahne
2 EL Tabasco
Salz, Pfeffer
2 TL Paprika edelsüß
1 Dose Mandarinen

Das Hack mit dem Öl im Kessel erhitzen, alle Zutaten außer den Gewürzen und den Mandarinen dazu geben und aufkochen. Würzen, nochmals aufkochen, die Mandarinen unterrühren und heiß servieren. Dazu passen Ciabatta-Brötchen.

Verstoßene Knoblauchsuppe

(4 Portionen)
10 Knoblauchzehen
2 Zwiebeln
125 ml Olivenöl

1 TL Paprikapulver
rosenscharf
1 l Fleischbrühe
4 Scheiben Weißbrot

30 g Butter
4 Eier
Salz, Pfeffer
¼ Bund Kerbel

Den Knoblauch und die Zwiebeln schälen und fein gehackt im Öl anbraten, mit Paprikapulver bestreuen, mit der Brühe löschen und 5 Minuten köcheln. Das Weißbrot würfeln und in der Butter rösten. Die Eier verrühren, kurz vor Ende der Garzeit in die nicht mehr kochende Suppe rühren und mit Salz und Pfeffer abschmecken. Den Kerbel waschen und mit den Blättern die Suppe dekorieren.

Betörendes Spinatschaumsüppchen

(4 Portionen)	(nur die Blätter)	Salz, Pfeffer, Muskat
1 Zwiebel	2 EL Öl	200 ml süße Sahne
1 Bund Spinat	1 l Rinderbrühe	

Die Zwiebel schälen, mit den gewaschenen Spinatblättern fein hacken und im Öl anbraten. Mit der Brühe auffüllen, garen, würzen, vom Herd nehmen und mit dem Pürierstab schaumig schlagen. Die Sahne unterheben und servieren. Dazu passt Ciabatta.

Gänsesüppchen

(4 Portionen)	½ TL Salz	1 Ei
½ kg Gänseklein	1 Prise Pfeffer	4 EL Semmelbrösel
4 Kartoffeln	1 Lorbeerblatt	1 Bund Petersilie
1 Bund Suppengrün	200 g Hackfleisch	

1¼ l Wasser aufkochen, das Gänseklein hinein geben und entstehenden Schaum abschöpfen. Das Suppengrün waschen, putzen und würfeln. Die Kartoffeln schälen, würfeln, beides zur Suppe geben, salzen, pfeffern, den Lorbeer hinzu fügen und 1 Stunde köcheln. Das Hackfleisch in einer Schüssel mit dem Ei und den Semmelbröseln, Salz und Pfeffer zu einem Teig kneten und mit nassen Händen zu Klößen formen. Das Gänseklein aus der Suppe nehmen und ausdampfen lassen. Das Fleisch von den Knochen lösen, und, ebenso wie die Hackfleischbällchen, wieder zur Suppe geben. 10 Minuten gar ziehen lassen. Die Petersilie waschen, trocknen, hacken und auf die Suppe streuen.

Gulaschzauber

(4 Portionen)

2 Zwiebeln	2 l Fleischbrühe	1 TL Salz
3 Knoblauchzehen	200 g Kartoffeln	1 TL Tabasco
1 Bund Suppengemüse	3 rote Paprikaschoten	1 TL Thymian
150 g Speckwürfel	1 Dose Tomaten (250 g)	1 TL Zucker
750 g Rindergulasch	2 TL Paprika edelsüß	¼ l Rotwein
3 EL Mehl	3 TL Paprika rosenscharf	2 EL Essig
	1 TL Pfeffer	

Die Zwiebeln und den Knoblauch schälen und fein hacken. Das
Suppengemüse waschen, putzen und klein schneiden. Den Speck in einem
großen Topf anrösten und Zwiebeln und Knoblauch darin glasig dünsten.
Das Fleisch abtupfen, grob würfeln, mit dem Mehl bestäuben, dazu geben
und unter häufigem Wenden 5 Minuten scharf anbraten. Das Suppengemüse
kurz mitbraten, dann mit ¼ Liter Brühe löschen und den Bratensatz vom
Topfboden lösen. ½ Stunde bei milder Hitze und geschlossenem Deckel
schmoren. Die Kartoffeln schälen und würfeln, die Paprika waschen, putzen
und mit den gewaschenen Tomaten in Streifen schneiden. Alles hinein geben und
würzen. Den Rest Brühe angießen, eine weitere ½ Stunde köcheln und mit
Gewürzen, Wein und Essig abschmecken.

Sauerkrautsuppe mit dreierlei verhextem Käse

(4 Portionen)	½ kg Sauerkraut	Kochkäse
2 Zwiebeln	100 g Schafskäse	Salz, Pfeffer
2 EL Öl	100 g Frischkäse	1 EL Thymian
800 ml Fleischbrühe	50 g Schmelz- oder	1 TL Paprika edelsüß

Die Zwiebeln schälen, hacken, im Öl andünsten, mit der Brühe auffüllen und aufkochen. Das Sauerkraut zufügen und 10-15 Minuten mitkochen lassen. Den Schafskäse zerkleinern und mit Frisch- und Schmelzkäse in der Suppe verrühren, bis alles geschmolzen ist. Würzen und mit Weißbrot oder Toast servieren.

Brieschen-Brodelbann

(4 Portionen)	50 g Butter	2 Eigelb
2 Brieschen	2 EL Mehl	Salz, Muskat
(Kalbsnieren)	800 ml Fleischbrühe	Kräuter der Saison
1 Zwiebel	2 EL Sauerrahm	4 EL Petersilie

Die Nierchen (vom Kalb oder nach Wahl) blanchieren, auf einem Brett mit der geschälten Zwiebel nicht zu fein schneiden und beides in der geschmolzenen Butter im Kessel dämpfen. Das Mehl und nach Bedarf etwas von der Brühe daran rühren, so dass alles glatt wird. Den Rest Brühe aufgießen und gar köcheln. Den Rahm mit den 2 Eigelb verrühren und dazu geben, Vom Feuer nehmen, mit Gewürzen und Kräutern abschmecken und mit der Petersilie bestreuen.

Grünkern-Suppenzauber

(4 Portionen)
250 g Grünkern
1 EL Butter
800 ml Fleischbrühe

1 gelbe Rübe
Sellerieblätter nach
Geschmack
1 kleine Zwiebel
2 Eigelb

1 EL Sauerrahm
4 EL geröstete
Brotwürfel
2 EL Petersilie

Den Grünkern mit ausreichend Wasser aufkochen und einköcheln, die Butter unterrühren und nach und nach die Brühe auffüllen. Das Gemüse und die Zwiebel nach Bedarf schälen, waschen, zerkleinern und in der Suppe weich garen. Die Suppe abseihen. Die 2 Eigelb mit dem Rahm verquirlen, unterrühren und alles mit Brotwürfeln und Petersilie bestreuen.

Hexenkessel-Inferno

(4 Portionen)	Cayennepfeffer	1 mittlere Zucchini
½ kg Rindfleisch	2 EL Tomatenmark	1 Dose Mais
3 Zwiebeln	100 ml Ketchup	1 Dose Kidneybohnen
2 Knoblauchzehen	3 EL brauner Zucker	1 TL Zucker
2 EL Rapsöl	800 ml Fleischbrühe	2 EL Sojasoße
Salz, Pfeffer	250 g Süßkartoffeln	4 EL Schnittlauch

Das Fleisch abtupfen und klein würfeln. Die Zwiebeln schälen und würfeln und beides scharf im Öl anbraten. Den Knoblauch schälen, fein hacken und mit den Gewürzen sowie nach und nach dem Tomatenmark, dem Ketchup, dem braunen Zucker und der Brühe dazu geben. Die Kartoffeln schälen, die Zucchini waschen und putzen; beides würfeln, mit Mais und Bohnen ebenfalls hinein geben. Mit Zucker, Sojasoße, Salz und Pfeffer abschmecken und köcheln, bis die Kartoffeln weich sind. Mit Schnittlauch bestreut servieren. Dazu passt frisch gebackenes Sauerteigbrot.

Okkulte Endiviensuppe

(4 Portionen)	2-3 EL Mehl	1 Ecke Kräuterschmelzkäse
1 Zwiebel	¾ l Gemüsebrühe	200 g Schmand
30 g Butter	120 g Endivienblätter	Pfeffer, Muskat

Die Zwiebel schälen, hacken, in der Butter dünsten, mit dem Mehl bestäuben und mit der Brühe auffüllen. Den Endivien waschen, grob zerkleinern, dazu geben und köcheln. Den Schmelzkäse in der Suppe auflösen. Mit Schmand verfeinern und würzen. Wer will, kann frische Kräuter zur Dekoration verwenden.

Verweichlichte Erbsensuppe mit Salbei

(4 Portionen)
400 g grüne Erbsen
600 ml Gemüsebrühe
600 ml süße Sahne
Salz, Pfeffer
3 EL gehackter Salbei

Die Erbsen mit kochendem Wasser übergießen und über Nacht einweichen.
Dann im Einweichwasser weich kochen und pürieren. Die Brühe und drei
Viertel der Sahne hinzu fügen und mit Salz und Pfeffer abschmecken.
Den Salbei hinein geben und nochmals erhitzen (nicht kochen).
Jeden Teller mit 1 Esslöffel Sahne servieren.

Betörende Wildpflanzensuppe

(4 Portionen)
2 Zwiebeln
2 Knoblauchzehen
2 EL Pflanzenöl
2 große Kartoffeln

½ l Weißwein
250 g Wildkräuter
1–2 TL
Gemüsebrühpulver

Salz, weißer Pfeffer
1 Messerspitze Muskat
4 EL Crème fraîche

Die Zwiebeln und den Knoblauch schälen, würfeln und im Öl glasig dünsten. Die Kartoffeln schälen, würfeln und dazu geben. Mit dem Wein und 1 Liter Wasser aufkochen. Die Kräuter waschen, trocknen, 4 Blätter zum Garnieren beiseite legen. Wenn die Kartoffeln weich sind, die Hitze reduzieren, die Kräuter hinein geben, kurz garen (nicht kochen), dann pürieren. Mit Brühpulver, Salz, Pfeffer und Muskat abschmecken. Die Suppe in vorgewärmten Tellern mit je 1 Löffel Crème fraîche anrichten, mit je 1 Kräuterblatt oder Blüte (Gänseblümchen, Malve, Borretsch, Klee) garnieren.

Zwetschgensuppe „Kokett"

(4 Portionen)
30–40 reife Zwetschgen
2 TL Zimt
300 ml Weißwein
oder Traubensaft

5 Stück Zwieback
6 EL Zucker
4 EL geröstete
Brotwürfel

Die Zwetschgen entkernen, mit 150 ml Wasser und dem Zimt weich kochen, den Wein dazu geben, absieben, mit Zucker abschmecken und Brotwürfel darüber streuen. Männer (wie Kinder, mit Saft statt Wein) lieben es!

Kesselopfer und Rituale mit Fisch und Fleisch

Der Hexe liebstes Kochgeschirr,
das weiß ein jeder nur zu gut,
ist der Kessel, reich verziert,
aus Eisen, dass er richtig tut.

Drum pflegt die Hex' den Kessel auch
sehr gründlich und gewissenhaft.
Denn das ist alter Hexenbrauch,
weil sie nur einen Kessel hat.

Sie putzt ihn gründlich, macht ihn blank.
Und hat sie ihn gescheuert,
dann stellt sie ihn nicht in den Schrank,
sie hängt ihn übers Feuer.

(Catricia die Haushältige, Abtrünnige aus dem Brocéliande)

Garnelen auf Limetten – kurz und schmerzlos

(4 Portionen)
40 kleine Garnelen
8 Limetten
4 TL Austernsoße
12 EL Olivenöl

½ TL getrocknete Chilis
1 Knoblauchzehe
2 EL Pflanzenöl
Salz

Die Garnelen waschen, trocknen, schälen und putzen. 4 Limetten in je 10 dünne Scheiben schneiden und auf Tellern anrichten, die übrigen auspressen und den Saft mit der Austernsoße, 10 Esslöffeln Olivenöl und der gehackten Chili würzig-scharf abschmecken. Den Knoblauch schälen, hobeln, mit dem Pflanzenöl goldgelb braten, auf Küchenpapier abtropfen und salzen. Die Garnelen mit dem Rest Olivenöl beidseitig 2-3 Minuten bei mittlerer Hitze braten, auf den vorbereiteten Limettenscheiben anrichten, mit der Limetten-Olivenöl-Vinaigrette beträufeln und mit dem Knoblauch bestreuen.

Garnelenfluch auf Zitronenrisotto mit Rucola-Pesto

(4 Portionen)	¼ l Fischfond	8 große
1 unbehandelte Zitrone	Salz	Garnelenschwänze
1 Schalotte	¼ l Gemüsebrühe	1 EL Sambal Oelek
4 Knoblauchzehen	2 EL geriebener	50 g Rucola (Rauke)
1 dünne Scheibe Ingwer	Parmesan	1 EL Pinienkerne
4 EL Olivenöl	2 EL Butter	2 EL frischer
1 TL Chiliöl	Pfeffer	Zitronenthymian
200 g Risottoreis		2 EL Kapuzinerkresse

Von der Zitrone zuerst einige Streifen Schale abreiben, dann ganz schälen, filetieren, klein schneiden und den Saft dabei auffangen. Die Schalotte, 1 Knoblauchzehe und den Ingwer schälen, fein schneiden und in einem Topf mit 1 Esslöffel Olivenöl und dem Chiliöl andünsten. Den Reis dazu geben. Mit dem erwärmtem Fond aufgießen, salzen und 20 Minuten köcheln, immer wieder umrühren und etwas Brühe angießen. Den Parmesan, die Butter, die Zitronenstücke, Zitronensaft und Pfeffer dazu geben. Die Garnelen waschen, trocknen und halbieren. 4 Hälften in der Schale lassen, vom Rest das Fleisch auslösen und klein schneiden. 2 Esslöffel Olivenöl in einer Pfanne erhitzen, den Rest Knoblauch schälen, pressen und dazu geben. Die Garnelenhälften darin andünsten, dann das restliche Garnelenfleisch dazu geben, mit Salz, Pfeffer und Sambal Oelek würzen.

Für das Pesto die Rauke waschen, trocknen, mit dem Rest Olivenöl, den Pinienkernen, Pfeffer und Salz pürieren. Wenn es zu dickflüssig ist, etwas Brühe dazu geben. 4 Teller am Rand mit etwas Pesto, in der Mitte mit Risotto und darauf je 1 Garnelenhälfte mit Garnelenfleisch belegen. Mit Zitronenthymian, der Zitronenschale und Kapuzinerkresse garnieren.

Getrüffelte Languste auf Wahrsager-Art

(4 Portionen)	8 Scheiben Toast	50–100 ml Weißwein
4 halbierte Langusten	100 ml Fischfond	ca. ½ kg grobes
1 Sommertrüffel	4 EL weißes Trüffelöl	Meersalz
½ Bund Petersilie	Salz, Pfeffer	400 g frische Tagliatelle
	2 EL weiche Butter	

Das Fleisch aus den Langustenschalen vorsichtig anheben, aber in der Schale lassen. Den Ofen auf 210°C vorheizen. Den Trüffel und die Petersilie waschen, trocknen und sehr fein hacken. Die Toasts zerbröseln, mit dem Fond, der Hälfte des Trüffelöls, Salz, frischem Pfeffer, und der Butter vorsichtig mixen. So viel vom Wein dazu geben, dass die Masse homogen, aber nicht zu flüssig wird. Die Toastmasse mit einer Mischung aus der Petersilie und der Hälfte des Trüffelhobels vermengen. Auf einem Blech ein Bett aus Meersalz für die Langusten bereiten, diese darauf setzen, mit der vorbereiteten Salsa überhäufen und 15 Minuten überbacken. Inzwischen die Pasta in reichlich Salzwasser al dente kochen, abgießen und sofort mit dem Rest Trüffelöl und Trüffelhobel anrichten. Alles auf vorgewärmten Tellern präsentieren.

Pochierter Wildlachsbann in Orangenhonig

(4 Portionen)
4 Wildlachs-Schnitten
1 Stängel
Zitronenthymian

6 EL Olivenöl
4 Chicorèe
1 rosa Grapefruit
2 EL Orangenblüten-
honig

1 EL Honig-Balsam-
Essig
Salz, Pfeffer
1 Stängel Estragon

Den Ofen auf 90°C vorheizen. Den Fisch mit dem Zitronenthymian auf einem Blech mit 4 Esslöffeln Öl beträufeln, dann ¼ Stunde glasig garen. Den Chicorèe putzen, die Blätter abzupfen. Die Grapefruit schälen und filetieren. Den Rest Öl erhitzen. Die Chicorèeblätter darin anbraten, mit dem Honig leicht karamellisieren, mit dem Essig löschen, die Grapefruitfilets, Salz, Pfeffer und den gehackten Estragon dazu fügen. Die Chicorèeblätter sternförmig auf einem großen Teller dekorieren. Die Lachsschnitten salzen, darauf setzen und mit der Honig-Grapefruit-Soße beträufeln.

Verflixtes Welsfilet mit Kürbisopfer

(4 Portionen)	2 Lorbeerblätter	1 EL Zitronensaft
1 kg Gartenkürbis	2 TL Korianderkörner	4 EL Petersilie
4 Schalotten	2 Gewürznelken	800 g Welsfilet
3 EL Butter	400 ml Gemüsebrühe	2 EL Sonnenblumenöl
40 g frischer Ingwer	2 EL Speisestärke	2 EL Kürbiskernöl
	Salz, Pfeffer, Zucker	

Den Kürbis schälen, entkernen, vom faserigen Kernfleisch befreien und in 2 x 2 cm große Stücke schneiden. Die Schalotten, schälen, würfeln und in einem Topf mit 2 Esslöffeln Butter anschwitzen. Den Kürbis und den geschälten, zerkleinerten Ingwer dazu geben und kurz dünsten. Lorbeer, Koriander und Nelken im Gewürznetz hinzu fügen und mit der Brühe auffüllen. Bei geringer Hitze 8–10 Minuten köcheln. Zum Binden die Stärke mit etwas Wasser anrühren und hinein geben. Mit den Gewürzen und dem Zitronensaft abschmecken, das Gewürznetz entfernen und die Petersilie untermischen. Den Fisch in heißem Sonnenblumenöl beidseitig 3 Minuten braten, salzen, pfeffern, den Rest Butter darauf zerlassen, auf dem Kürbis anrichten und mit Kürbiskernöl beträufeln.

Unheilbutt mit gepeinigtem Gemüse

(4 Portionen)
4 Heilbuttfilets
Salz, Pfeffer
4 EL Olivenöl
2 Zitronen
2 rote Paprikaschoten
2 Fenchelknollen

Den Backofen auf 200°C vorheizen. Die Filets salzen und pfeffern. 4 Stück Alufolie mit etwas Olivenöl bestreichen, je 1 Filet in die Mitte eines Stücks legen. Die Zitronen in feine Scheiben schneiden und auf die Filets setzen. Das Gemüse putzen, waschen, trocknen, in feine Streifen schneiden, leicht salzen und auf die Filets verteilen. Mit dem Rest Öl beträufeln und die Folie jeweils über dem Fisch fest zusammenfalten. Die 4 Fischpäckchen auf ein Backblech legen und im Ofen 12 Minuten garen. Dazu passt Reis.

Fischeintopf nach Ketzer-Art

(4 Portionen)   2 Zwiebeln   2-3 EL Olivenöl

400 g Tomaten   3 Knoblauchzehen   1 kg Fischfilet

1 rote und 1 grüne Paprika   Salz, Pfeffer   2 Lorbeerblätter

400 g Kartoffeln   4 EL Petersilie   ¼ l Weißwein

Den Ofen auf 200°C vorheizen. Die Tomaten waschen, putzen und vierteln. Die Paprika waschen, entkernen und in Streifen schneiden. Die Kartoffeln schälen und in dünne Scheiben hobeln. Zwiebeln und Knoblauch schälen und würfeln, mit dem vorbereiteten Gemüse in einer Schüssel salzen, pfeffern und mit der Petersilie bestreuen. Das Öl darüber gießen und vorsichtig verrühren. Das Filet in 5 cm große Stücke schneiden. Die Hälfte des Gemüses in eine feuerfeste Form geben, den Fisch, dann den Rest Gemüse darauf verteilen. Mit dem Lorbeer und dem Wein bedecken, zugedeckt im Ofen 25 Minuten garen, dann bei 175°C weitere 15 Minuten im Ofen lassen. Dazu passt frische Baguette.

Weissagung mit Forelle und Preiselbeeren

(4 Portionen)
4 geräucherte Forellenfilets
1 Zitrone
1 Packung Kresse
125 g Crème fraîche
1 TL Balsamico
1 EL Preiselbeeren
(Glas)
gemahlener Pfeffer

Den Ofen auf 200°C vorheizen. Die Filets in Alufolie packen und 3 Minuten im Ofen lauwarm werden lassen. Die Zitrone längs halbieren und in Scheiben schneiden. Die Kresse mit einer Schere abschneiden, mit den Filets und den Zitronenscheiben auf 4 Tellern dekorieren. Die Crème fraîche, den Balsamico und die Beeren verrühren, je 1 Esslöffel davon auf die Teller tupfen und alles mit Pfeffer bestreuen. Dazu passen Salzkartoffeln.

Verführte Seeteufelmedaillons in Absinth

(4 Portionen)
1 kleiner Fenchel
1 EL Rapsöl
Salz
200 ml Weißwein

100 ml Absinth
300 g Seeteufelfilet
(oder Seezunge, Kabeljau)
100 ml Crème double
4 EL Butter
2 Päckchen Safranfäden

Den Fenchel putzen, waschen, fein schneiden und leicht im Öl dünsten, Salz,
Wein und Absinth nach Geschmack dazu geben, dann den Fenchel entfernen.
Den Fisch in Medaillons schneiden, in die Flüssigkeit einlegen, aufkochen und
auf kleiner Hitze 10 Minuten garen. Sein Fleisch soll noch fest, aber eine Spur
elastisch sein. Dann aus dem Fond nehmen und warm stellen. Den Fond auf
die Hälfte reduzieren, nach Geschmack mit Absinth würzen, die Crème double
dazu geben und 2 Minuten einkochen. Nach und nach die eiskalte Butter
unterschlagen. Zum Schluss wieder den Fenchel und die Hälfte der Safranfäden
dazu geben. Den Fisch auf 4 Tellern anrichten, mit der Soße begießen und mit
dem Rest Safran belegen. Dazu passt Reis.

Seeteufelspieße in Sherrymarinade

(4 Portionen)	8 Spieße	Salz, Pfeffer
2 rote Paprikaschoten	5 EL Sherry	1 TL Thymian
600 g Seeteufel (ohne	5 EL Olivenöl	1 Bund Basilikum
Haut und Gräten)	1 EL Limonenöl	1 Bund glatte Petersilie
	2 Knoblauchzehen	

Den Ofen auf 250°C (Grill) vorheizen. Die Paprikaschoten 20 Minuten auf den Rost legen, bis die Haut braun wird und Blasen bildet. Abkühlen lassen, schälen, entkernen und in 1½ cm breite Streifen schneiden. Den Fisch kalt abspülen, trocknen und in Würfel von 2 x 2 cm schneiden. Die Paprikastreifen zusammenrollen und abwechselnd mit den Fischwürfeln auf 8 Spieße stecken und in eine Schale legen. Den Sherry mit 4 Esslöffeln Olivenöl und dem Limonenöl verrühren. Den Knoblauch schälen und dazu pressen. Die Soße mit Salz, Pfeffer und Thymian würzen, über die Spieße gießen und zugedeckt 1 Stunde kühl marinieren. Die Kräuter waschen, trocken schütteln und fein hacken. Die Spieße aus der Marinade nehmen und im Rest Olivenöl 7 Minuten rundum braten. Die übrige Marinade durchrühren, abschmecken, die gehackten Kräuter untermischen und über die Spieße geben.

Schwur auf Hähnchengulasch

(6 Portionen)
4–5 Zwiebeln
2 EL Schmalz
3 EL Paprikapulver
edelsüß

1 kg Hähnchen
(in Stücken)
Salz
2–3 Zehen Knoblauch
1 Paprikaschote
2 Tomaten

Die Zwiebeln schälen, klein schneiden und im Schmalz rösten, dann
Paprikapulver und Fleisch hinein geben und salzen. Den Knoblauch schälen
und hinein pressen, mit wenig Wasser löschen und zugedeckt bei kleiner Hitze
½ Stunde schmoren; ab und zu rütteln und wenig Wasser nachgießen.
Die Paprika (oder 3 Esslöffel Letscho aus dem Glas) waschen, putzen,
in Streifen schneiden und, ebenso wie die gewürfelten Tomaten, hinein geben,
fertig garen. Dazu passen Nockerln und Gurkensalat.

Hähnchenzauber in Himbeermarinade

(4 Portionen)
Marinade:
1 Eiweiß
1 EL Himbeer-
Balsam-Essig
1 EL Maismehl
1 TL Zucker

1 TL Salz
4 Stück Hähnchenbrust
Soße:
4 EL Gemüsefond
1 EL Sherry
1 EL Himbeer-
Balsam-Essig

1 EL Traubenkernöl
4 Frühlingszwiebeln
1 Knoblauchzehe
5 cm Ingwer
250 g Zuckerschoten
250 g Spinat
375 g Eiernudeln

Die Zutaten für die Marinade verrühren. Das Fleisch schnetzeln, unter die Marinade heben und 20 Minuten kühl stellen. Die Soßenzutaten in einem Topf 7 Minuten köcheln und beiseite stellen. Das Traubenkernöl in einer Pfanne erhitzen. Die Zwiebeln, den Knoblauch und den Ingwer schälen, klein hacken und unter ständigem Rühren darin anbraten. Das Fleisch aus der Marinade ins Öl dazu geben und 5-7 Minuten braten. Das gewaschene, geputzte Gemüse hinzu fügen und kurz mitbraten. Die Nudeln zubereiten und mit dem Fleisch und der aufgewärmten Soße auf 4 Teller verteilen.

Walpurgishähnchen mit Whiskey und Mandeln

(4 Portionen)
1 Hähnchen
3 EL Whiskey
Salz, Pfeffer

3 EL Honig
60 g geschälte, halbierte
Mandeln
3 EL Erdnussöl

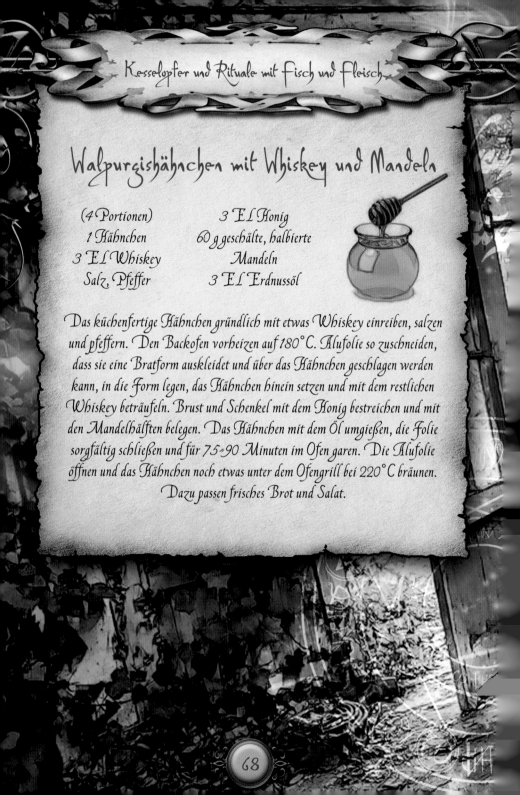

Das küchenfertige Hähnchen gründlich mit etwas Whiskey einreiben, salzen und pfeffern. Den Backofen vorheizen auf 180°C. Alufolie so zuschneiden, dass sie eine Bratform auskleidet und über das Hähnchen geschlagen werden kann, in die Form legen, das Hähnchen hinein setzen und mit dem restlichen Whiskey beträufeln. Brust und Schenkel mit dem Honig bestreichen und mit den Mandelhälften belegen. Das Hähnchen mit dem Öl umgießen, die Folie sorgfältig schließen und für 75-90 Minuten im Ofen garen. Die Alufolie öffnen und das Hähnchen noch etwas unter dem Ofengrill bei 220°C bräunen.

Dazu passen frisches Brot und Salat.

Oreganohähnchen mit Tomaten-Chili-Fiasko

(4 Portionen)	2 EL Tomatenmark	Salz, Pfeffer
750 g reife Tomaten	2 getrocknete	2-3 EL Balsamico
3 Zwiebeln	Chilischoten	½ unbehandelte
1 Knoblauchzehe	75 g schwarze Oliven	Zitrone
7 EL Olivenöl	1 Bund Oregano	4 Hähnchenbrustfilets

Die Tomaten mit kochendem Wasser überbrühen, schälen und würfeln. Die Zwiebeln und den Knoblauch schälen, die Zwiebeln fein würfeln, den Knoblauch zerdrücken. Beides in 3 Esslöffeln heißem Öl glasig dünsten, Die Tomatenwürfel, das Tomatenmark und die Chilis dazu geben und 5 Minuten kochen. Die Oliven entsteinen und, ebenso wie den Oregano, hacken, beides zur Soße geben, mit Salz, Pfeffer und Balsamico abschmecken. Den Ofengrill auf 220°C vorheizen. Von der Zitrone die Schale abreiben, mit dem restlichen Öl, ½ Teelöffel Salz und 1 Prise Pfeffer verrühren. Die Filets waschen, trocknen, mit dem Öl bestreichen und unter dem Grill beidseitig 7 Minuten grillen. Die Soße erwärmen und mit den Filets servieren. Dazu passt Reis.

Hähnchenkeulen nach Inquisitor-Art

(4 Portionen)
2 Knoblauchzehen
4 EL Rosmarinöl
2 TL Rosmarinnadeln

2 TL Thymianblätter
4 Salbeiblätter
Salz, Pfeffer
2 Schalotten
800 g Kartoffeln

4 Zucchini
8 Fleischtomaten
4 Hähnchenkeulen
200 ml Tomatensaft

Den Ofen auf 200°C vorheizen. Den Knoblauch schälen, pressen, mit dem Öl, den Kräutern, Salz und Pfeffer verrühren und ½ Stunde ziehen lassen. Die Schalotten schälen, fein würfeln, die Kartoffeln schälen und vierteln. Die Zucchini waschen und in dünne Scheiben schneiden. Die Tomaten überbrühen, schälen, entkernen und würfeln. Die Kräutermarinade absieben und die Kräuter auffangen. Das Fleisch auf ein Backblech setzen und mit der gesiebten Marinade bestreichen. Die Kartoffeln mit der Schnittseite unten dazu setzen und 1 Stunde im Ofen backen. Nach der Hälfte der Garzeit Schalotten, Zucchinischeiben und Tomatenwürfel auf das Blech geben. Den Tomatensaft mit den aufgefangenen Kräutern verrühren, mit Salz und Pfeffer würzen, gleichmäßig über Fleisch und Gemüse verteilen und fertig garen.

Verwunschene Hühnerbrust mit Haselnussrisotto

(4 Portionen)
1 Schalotte
3 EL Butter
150 g Risottoreis
100 ml Weißwein
½ l Hühner- oder
Gemüsebrühe
Salz, Muskat

2 EL Parmesan
2 EL Haselnussöl
4 Stück Hühnerbrust
4 Salbeiblätter, Salz,
Pfeffer
2 EL Olivenöl
10 Shiitakepilze
1 Stängel Rosmarin

2 EL Dattel-
Balsam-Essig
1 Handvoll gehackte,
geröstete Haselnüsse
frische Kräuter zum
Garnieren

Die Schalotte schälen, hacken und in 1 Esslöffel Butter anschwitzen, den Reis dazu geben, mit dem Wein, dann 200 ml Brühe auffüllen. 10 Minuten köcheln, 150-200 ml Brühe nachgießen und köcheln, bis der Reis bissfest ist – bis zum Servieren zieht er noch nach. Würzen und mit Parmesan und Haselnussöl binden. Den Ofen auf 120°C (Umluft) vorheizen. Vom Fleisch die Haut anheben, je 1 Salbeiblatt dazwischen schieben und würzen. Die Pilze abreiben und entstielen. Das Fleisch im Olivenöl zuerst auf der Hautseite gut anbraten, dann wenden. Die Pilze mit dem Rosmarin dazu geben und rösten, dann das Fleisch in den Ofen stellen und die Pilze heraus nehmen. Den Bratensatz mit dem Rest Brühe lösen und auf die Hälfte einkochen. Mit dem Rest Butter binden und mit dem Essig abschmecken. Den Risotto auf 4 Tellern anrichten, die Brüste halbieren, mit den Pilzen und der Soße belegen, mit den Nüssen bestreuen und nach Geschmack mit frischen Kräutern garnieren. Dazu passen Blattsalate.

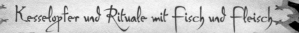

Hühnerkeulenritual mit Fächerkartoffeln

(4 Portionen)
800 g
Hähnchenschenkel
Marinade:
100 ml Joghurt
Schale von 1 Zitrone
1 TL Gewürzmischung

2 EL Rosmarinöl
1 TL Salz
4 mehlig kochende
Kartoffeln
¼ l Erdnussöl
Kräuterbutter:
200 g weiche Butter
TK-Kräutermischung

1 TL Salz
1 EL Senf
2 EL Limonenöl
1 Schuss Tabasco
½ TL Currypulver
frische Kräuter zum
Garnieren

Das Fleisch mit den vermengten Marinade-Zutaten bestreichen und über Nacht ziehen lassen. Den Ofen auf 185°C (Umluft) vorheizen. Die Kartoffeln roh schälen und mit einem scharfen Messer in 3 mm dicke Scheiben auffächern, die an einem Ende noch zusammen halten, salzen, auf ein beöltes Blech setzen, mit Erdnussöl bepinseln, auch in die Spalten hinein, und 40-45 Minuten backen, zwischendurch immer wieder mit Öl nachpinseln. Die Zutaten für die Kräuterbutter schaumig schlagen, in Portionen (beispielsweise mit einem Spritzbeutel) auf einen Teller spritzen und tief kühlen. So behält die Butter ihre Form und lässt sich lagern. Inzwischen das Fleisch aus der Marinade nehmen, beidseitig gar braten oder grillen. Mit den Fächerkartoffeln und der Kräuterbutter auf 4 Tellern anrichten und mit Kräutern nach Wahl garnieren.

Schlimme Kürbis-Puten-Röllchen für Samhain

(4 Portionen)
300 g Blattspinat
8 Putenschnitzel
300 g Hokkaido-Kürbis
600 g Tomaten

2 Zwiebeln
5 Knoblauchzehen
7 EL Olivenöl
6 EL Parmesan
Salz, Pfeffer
4 EL gehacktes Basilikum

Den Spinat (TK, aufgetaut) gut auspressen. Die Schnitzel sehr flach und groß klopfen. Den Kürbis waschen, von Kernen und Fasern befreien und fein raspeln. Die Tomaten überbrühen, schälen und würfeln. Die Zwiebeln und den Knoblauch schälen und fein hacken. Den Backofen auf 180°C vorheizen. 2 Esslöffel Öl in einer Pfanne erhitzen, die Zwiebeln und die Hälfte des Knoblauchs darin glasig dünsten. Den Spinat und den Kürbis dazu geben, 5 Minuten dünsten und vom Feuer nehmen, 2 Esslöffel Parmesan untermischen, salzen und pfeffern. Die Masse auf den Schnitzeln verteilen, aufrollen und mit Zahnstochern feststecken. Mit 4 Esslöffeln Öl 4 Minuten von allen Seiten anbraten, dann beiseite stellen. Den Rest Knoblauch im Rest Öl dünsten. Die Tomatenwürfel dazu geben, 5 Minuten dünsten, salzen, pfeffern und das Basilikum unterrühren. Die Masse in eine feuerfeste Form füllen, die Röllchen darauf verteilen und auf der unteren Ofenschiene 35 Minuten backen. Das fertig gegarte Gericht mit dem Rest Parmesan bestreuen und servieren.

Entenbrust mit schamloser Heidelbeersoße

(4 Portionen)
800 g Entenbrust
Salz, Pfeffer
2 EL Olivenöl
100 ml Gemüsebrühe

80 ml Crème de Cassis
80 ml Heidelbeer-Balsam-Essig
2 EL kalte Butter

Den Ofen auf 180°C vorheizen. Die Haut der Entenbrust kreuzweise einschneiden. Beide Seiten salzen, pfeffern, im heißen Öl beidseitig (zuerst auf der Hautseite) je 3 Minuten scharf anbraten, dann in Alufolie einwickeln und 25 Minuten in den Ofen legen. Heraus nehmen und weitere 5 Minuten in der Folie ruhen lassen. Den Bratensatz mit der Brühe lösen und aufkochen, den Likör und den Essig dazu gießen, einkochen lassen, vom Feuer nehmen und die Butterstücke einrühren. Das Fleisch in Scheiben schneiden und mit der Soße anrichten.

Frisch geopferte Entenleber mit Sherryfluch

(4 Portionen)
2 Schalotten
100 g Steinpilze

2 Stängel Petersilie
100 ml Trüffelöl
50 ml Sherryessig
Salz, Pfeffer

½ kg Entenleber
2 EL Butter
40 ml Cognac

Die Schalotten schälen und mit den Pilzen (alternativ: Champignons) sehr fein würfeln. Die Petersilie waschen, trocken schütteln und sehr fein hacken. Aus den vorbereiteten Zutaten, Öl, Essig, Salz und Pfeffer eine Vinaigrette zubereiten. Das Fleisch in der Butter rundum kurz anbraten, so dass es innen rosa bleibt. Mit dem Cognac begießen und flambieren. Auf vorgewärmten Teller verteilen, mit dem Bratenfond und der Vinaigrette anrichten. Dazu passt Ciabatta oder Baguette.

Verbotenes Gulaschfeuer

(4 Portionen)   3 Paprikaschoten   Paprika rosenscharf
800 g Gulasch   2–3 EL Öl   2 EL Mehl
½ kg Zwiebeln   Salz, weißer Pfeffer   ½ Bund Petersilie
                       2 EL Tomatenmark

Das Gulasch (Schweine- und Rindfleisch) nach Bedarf kleiner schneiden und trocken tupfen. Die Zwiebeln schälen und in Spalten schneiden. Die Paprika putzen, waschen und grob zerkleinern. Das Öl in einem großen Topf erhitzen. Das Fleisch darin portionsweise unter Wenden kräftig anbraten, salzen und pfeffern. Die Zwiebeln, dann die Paprika hinzu fügen und bei mittlerer Hitze mitdünsten. Das Tomatenmark mit dem Paprikagewürz und dem Mehl dazu geben, anschwitzen, nach und nach mit ¾ l Wasser löschen. Aufkochen, zugedeckt 1½ Stunden schmoren und öfter umrühren. Die Petersilie waschen, trocknen und klein hacken. Das Gulasch nochmals mit Salz, Pfeffer, Paprika und Öl kräftig abschmecken, in einer großen Schüssel anrichten und mit der Petersilie bestreuen. Dazu passen Bandnudeln oder Kartoffelpüree.

Esmeraldas einzigartiger Gulaschkessel

(4 Portionen)
750 g Rindfleisch
2 Zwiebeln
2 EL Schmalz

2 EL Paprika edelsüß
Salz
2–3 Zehen Knoblauch
1 TL Kümmel
2 große Kartoffeln

1 Paprikaschote
2 Tomaten
300 g Sauerkraut
100 g gezupfte Nudeln

Das Fleisch in 2 x 2 cm große Stücke schneiden. Die Zwiebeln schälen, hacken und im Schmalz rösten, dann das Fleisch mit dem Paprikapulver hinein geben, salzen und weiter rösten. Den Knoblauch schälen, zerdrücken und mit dem Kümmel hinzu fügen. Mit wenig Wasser löschen und ½ Stunde zugedeckt bei kleiner Hitze schmoren. Ab und zu umrühren und wenig Wasser nachgießen. Die Kartoffeln schälen und würfeln, die Paprika (oder 3 Esslöffel Letscho aus dem Glas) waschen, putzen, mit den Tomaten in 2 x 2 cm große Stücke schneiden und alles hinein geben. Mit 2 Litern Wasser und dem Sauerkraut auffüllen und fertig garen. In den letzten 10 Minuten die Nudeln hinzu fügen und gar kochen.

Zigeuner-Rindsgulasch

(4 Portionen)   3 EL Paprikapulver   1 TL Kümmel
3–4 Zwiebeln   rosenscharf   1 Paprikaschote oder
2 EL Öl   Salz   3 EL Letscho
750 g Rindfleisch   2–3 Knoblauchzehen   2 Tomaten

Die Zwiebeln schälen, würfeln und im Öl im Gulaschkessel rösten. Das Fleisch würfeln und mit dem Paprikagewürz dazu geben, salzen und rösten. Den Knoblauch schälen, zerdrücken und mit dem Kümmel hinein geben. Mit wenig Wasser löschen und zugedeckt 1 Stunde bei kleiner Hitze schmoren, ab und zu umrühren und wenig Wasser nachgießen. Die Paprika waschen, putzen und in Streifen schneiden, die Tomaten waschen, putzen und würfeln. Beides hinein geben und fertig garen. Dazu passen Bratkartoffeln und scharfe Paprika.

Verzweifelte Rinderrippen

(4 Portionen)	schwarzer Pfeffer	300 g Pancetta
2 EL Olivenöl	2 frische Knollen	(Bauchspeck)
12 dicke Rippen vom	Knoblauch	½ kg kleine
Rind	3 EL Tomatenmark	Champignons
Meersalz	1 l Rotwein	2 EL gehackte,
frisch gemahlener,	1½ l Rinderbrühe	glatte Petersilie

Den Ofen auf 170°C vorheizen. Einen Bräter mit dem Öl erhitzen. Die Rippen kräftig mit Salz und Pfeffer würzen und 10–15 Minuten von allen Seiten im Bräter anbraten. Den Knoblauch halbieren und alle 4 Hälften mit der Schnittseite unten in den Bräter geben. Das Tomatenmark hinein rühren und 1–2 Minuten rösten. Dann den Wein dazu gießen, aufkochen und 10–15 Minuten auf die Hälfte einkochen. Die Brühe aufgießen, aufkochen und die Rippen immer wieder mit dem Bratensaft begießen. Den Bräter mit Alufolie abdecken und 3–4 Stunden im Ofen garen, bis das Fleisch von den Knochen fällt. 10 Minuten vor Ende der Garzeit den Pancetta in einer Pfanne 2–3 Minuten goldbraun braten, die Pilze abreiben, halbieren und für 5 Minuten dazu geben. Die Ribs aus dem Ofen nehmen und in eine Servierschüssel geben. Die Knoblauchstücke durch ein Sieb passieren. Überschüssiges Fett vom Bratensaft abschöpfen, diesen absieben und den passierten Knoblauch unterrühren. Ist die Soße zu dünn, weiter einkochen lassen. Die Ribs mit Pancetta, Pilzen und Petersilie servieren.

Rindfleisch Baba Jaga

(4 Portionen)

250 g Basmatireis	1 Bund Petersilie	3 TL Paprika edelsüß
1 Bund frischer Thymian	½ kg gemischte Pilze	300 g junger Spinat
Salz, Pfeffer	6 EL Olivenöl	20 ml Weinbrand
3 kleine rote Zwiebeln	5 Knoblauchzehen	6 EL Magerjoghurt
1 Handvoll Cornichons	2 unbehandelte Zitronen	50 ml Milch
	4 Rumpsteaks à 200 g	

Den Reis mit 300 ml kochendem Wasser, dem Thymian, 1 Prise Salz und Pfeffer in einen Topf geben, den Deckel auflegen und gelegentlich umrühren. Die Zwiebeln schälen, mit den Cornichons (Wasser auffangen!) in feine Scheiben schneiden und in eine Schüssel geben. Die Petersilie waschen, trocken schütteln, die Stängel fein, die Blätter grob hacken, mit 1 Schuss Gurkenwasser und 1 Prise Salz unter die Cornichons mischen und gut mit der Hand durchkneten. Die Pilze abreiben, zerteilen und mit 2 Esslöffeln Olivenöl in eine heiße Pfanne geben. Den Knoblauch schälen und hinein pressen und zwei Drittel des Petersilien-Pickles dazu geben; ab und zu umrühren. Von den Zitronen die Schale fein abreiben. Die Steaks in 2 cm dicke Scheiben schneiden und mit Salz, Pfeffer, Paprikapulver und Zitronenschale würzen. Die Pilzmischung auf einen Teller legen. Den Rest Öl in die Pfanne gießen und das Fleisch darin von beiden Seiten anbräunen. Den gewaschenen Spinat auf den Reis in den Topf schichten und den Deckel wieder auflegen. Den Weinbrand über das Fleisch gießen, flambieren, die Pilze, dann Joghurt und Milch untermischen und aufkochen. Zum Servieren den zusammengefallenen Spinat vom Reis nehmen, auf einer Platte anrichten, den Reis auflockern und darauf häufen. Das Fleisch mit der Soße, dann das restliche Petersilien-Pickle ausdrücken und darüber legen.

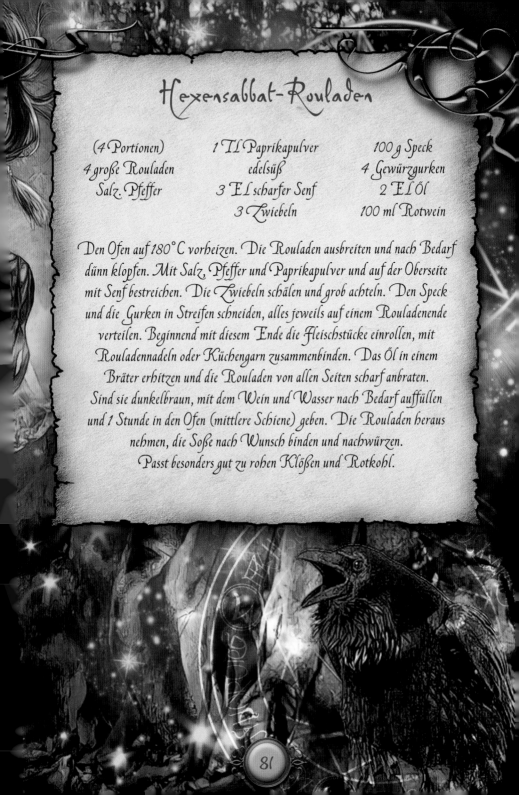

Hexensabbat-Rouladen

(4 Portionen)
4 große Rouladen
Salz, Pfeffer

1 TL Paprikapulver
edelsüß
3 EL scharfer Senf
3 Zwiebeln

100 g Speck
4 Gewürzgurken
2 EL Öl
100 ml Rotwein

Den Ofen auf 180°C vorheizen. Die Rouladen ausbreiten und nach Bedarf dünn klopfen. Mit Salz, Pfeffer und Paprikapulver und auf der Oberseite mit Senf bestreichen. Die Zwiebeln schälen und grob achteln. Den Speck und die Gurken in Streifen schneiden, alles jeweils auf einem Rouladenende verteilen. Beginnend mit diesem Ende die Fleischstücke einrollen, mit Rouladennadeln oder Küchengarn zusammenbinden. Das Öl in einem Bräter erhitzen und die Rouladen von allen Seiten scharf anbraten. Sind sie dunkelbraun, mit dem Wein und Wasser nach Bedarf auffüllen und 1 Stunde in den Ofen (mittlere Schiene) geben. Die Rouladen heraus nehmen, die Soße nach Wunsch binden und nachwürzen.
Passt besonders gut zu rohen Klößen und Rotkohl.

Besessenes Schweinefilet in Kaffee-Lorbeer-Kruste

(4 Portionen)
800 g Petersilienwurzeln
Salz
2 TL Kaffeebohnen

2 TL grobes Meersalz
2 TL rosa Pfefferbeeren
2 frische Lorbeerblätter
2 Schweinefilets
50 g Butterschmalz

100 ml dunkler
Portwein
(oder Kalbsfond)
400 ml Kalbsfond
(Glas)

Die Petersilienwurzeln waschen, schälen, 5 Minuten in Salzwasser kochen, absieben und kalt abspülen. Die Kaffeebohnen mit dem Meersalz und den Pfefferbeeren im Mörser zerstoßen. Den Lorbeer fein gehackt dazu geben. Den Backofen auf 180°C vorheizen. Das Fleisch abspülen, trocken tupfen, salzen, pfeffern, im Schmalz rundum braun anbraten, heraus nehmen und in der Kaffeepanade wälzen. In eine kleine, ofenfeste Form legen und die restliche Panade auf das Filet drücken. Die Wurzeln um das Fleisch verteilen, Portwein und Fond dazu gießen und 25 Minuten im Ofen garen. Danach den Ofen ausschalten und das Fleisch noch 15 Minuten darin ruhen lassen. Das Filet zum Servieren in Scheiben schneiden. Dazu passen Kroketten und gedünstete Birnen.

Verwunschene Kräuter-Frischkäse-Schweinefilets

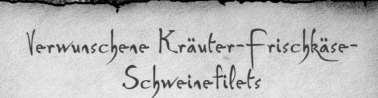

(4 Portionen)	150 g Frischkäse	4 Tomaten
2 Schweinefilets	2 TL Zitronenschale	150 g gegrillte
Salz, Pfeffer	2 EL TK-Kräuter	Paprikaschoten (Glas)
4 EL Olivenöl	2 Bund Rauke	3 EL Balsamico

Die Filets mit Salz und Pfeffer würzen, in der Hälfte des Öls rundum braten, heraus nehmen und auskühlen lassen. Den Frischkäse, die Zitronenschale und die Kräuter mit Salz verrühren. Die Rauke (Rucola) und die Tomaten waschen, trocknen und in Scheiben auf eine Platte legen, mit dem Rest Öl, Salz und Pfeffer würzen. Die Paprika in Streifen schneiden. Die Filets quer halbieren, mit der Käsemischung bestreichen und mit den Paprikastreifen belegen. Je 2 Fleischhälften zusammen drücken, vorsichtig mit einem sehr scharfen Messer in Portionsstücke schneiden und mit Balsamico beträufelt servieren. Dazu passt Salat – ein leichtes Gericht für heiße Tage.

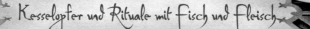

Schweinefluch auf Kohlrabi-Aprikosen-Curry

(4 Portionen)	Salz	5 Knoblauchzehen
2 Schweinefilets	10 EL Öl	4 EL Röstzwiebeln
½ TL Koriander	4 Kohlrabis	4 TL Currypulver
½ TL frisch gemahlener	10 Möhren	600 ml Gemüsebrühe
Pfeffer	20 Trockenaprikosen	¼ l süße Sahne

Die Filets abspülen, trocken tupfen und mit Koriander, Pfeffer und Salz einreiben. 4 Esslöffel Öl in einer Pfanne erhitzen, die Filets darin beidseitig anbraten, heraus nehmen und warm halten. Das Gemüse waschen, schälen, den Kohlrabi in Spalten schneiden, die Möhren längs halbieren, beides in ½ Liter sprudelndem Salzwasser 3 Minuten garen, absieben, kalt abspülen und abtropfen lassen. Die Aprikosen in Streifen schneiden. Den Knoblauch schälen und fein hacken. Beides im Rest Öl in einer Pfanne mit den Röstzwiebeln und dem Currypulver andünsten. Das Gemüse, die Brühe und die Sahne dazu geben und 5 Minuten kochen. Das Curry mit Salz abschmecken und mit dem Schweinefilet anrichten. Dazu passt Salat und/oder Reis.

Unheiliger Lammritus
mit Bärlauch-Krustenzauber

(4 Portionen)   1 Bund Kerbel   2 EL Rapsöl
1 Bund Bärlauch   1 TL Dijon-Senf   600 g Lammrücken
1 Bund Petersilie   2 EL Bärlauchöl   1 Scheibe Toast
              Salz, Pfeffer

Die Kräuter waschen, trocken schütteln, fein hacken, mit dem Senf, dem
Bärlauchöl, Salz und Pfeffer verrühren. Den Backofen auf 180°C vorheizen.
Das Rapsöl in einer Pfanne erhitzen. Das Fleisch als Ganzes rundum
2–4 Minuten darin braun anbraten, in eine feuerfeste Form legen und gleichmäßig
mit der Kräuterpaste bestreichen. Das Toast entrinden, sehr fein darüber
bröseln und alles 35 Minuten im Ofen garen, nach Bedarf mit Alufolie
abdecken und die Garzeit mit einem Fleischthermometer prüfen.
Vor dem Anschneiden das Fleisch 10 Minuten in Alufolie warm halten.
Dazu passen Petersilienkartoffeln und Bohnen.

Gefallene Lammfilets in Granatapfel-Kirsch-Versuchung

(4 Portionen)	2-3 EL Olivenöl	1 TL Oregano
4 Lammfilets	1 EL Pinienkerne	2 EL Granatapfelsirup
1 TL grüner Pfeffer	200 ml Kirschsaft	1 EL Essig
1 Bund Thymian	1 EL Speisestärke	Zucker

Die Filets von Häutchen und Fett befreien und trocken tupfen. Den Pfeffer im Mörser zerstoßen. Den Thymian abspülen und trocken schütteln. 4 Zweige beiseite legen, vom Rest die Blättchen abstreifen. Die Hälfte davon fein hacken und mit der Hälfte des Pfeffers und des Öls in einer Schüssel mischen. Die Filets ½ Stunde darin marinieren. Die Pinienkerne in einer beschichteten Pfanne trocken goldgelb rösten. 3 Esslöffel Kirschsaft mit der Stärke anrühren und beiseite stellen. Den übrigen Saft in einem Topf mit dem Rest Pfeffer, dem Oregano und dem Sirup erhitzen und 10 Minuten köcheln. Inzwischen das Fleisch im Rest Öl beidseitig gar braten, heraus nehmen und kurz in Alufolie einwickeln. Die angerührte Stärke in den kochenden Saft rühren, 1 Minute köcheln, den Essig dazu geben und nochmals 1 Minute köcheln. Den Topf vom Herd nehmen, die Soße absieben, nach Geschmack zuckern und den Rest Thymianblätter dazu geben. Das Fleisch schräg aufschneiden, salzen, pfeffern, mit Soße, Pinienkernen und Thymianzweigen dekorieren.

Devote Lammfilets in Rotwein-Heidelbeer-Sünde

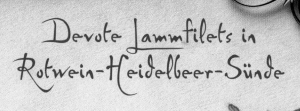

(4 Portionen)
4 Lammfilets
2 EL Olivenöl
Salz, Pfeffer
1 Schalotte
1 TL frischer Thymian

½ TL Zucker
1 EL Heidelbeer-
Balsam-Essig
100 ml Braten- oder
Lammfond
2 EL Rotwein
1 EL Butter in Flocken

Die Filets bei mittlerer Hitze rundum im Öl anbraten, salzen, pfeffern, heraus nehmen und mit Alufolie bedecken. Die Schalotte schälen und mit dem Thymian im Bratfett anschwitzen, den Zucker dazu geben und kurz karamellisieren. Mit dem Essig löschen und einkochen. Dann Fond und Wein dazu geben und bei kräftiger Hitze einkochen. Die Butter hinein flocken und abschmecken.
Die Filets eventuell nochmals kurz in der Soße erhitzen und servieren.

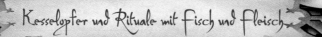

Opferlammrücken mit unverschämtem Schafskäse

(4 Portionen)
700 g ausgelöster
Lammrücken
Salz, Pfeffer
2 EL Olivenöl
320 g milder Schafskäse
3 EL Mehl

2 Eier
100 g Maisgrieß
2 EL Traubenkernöl
32 entkernte Oliven
10 Kapernblüten
Schale und Saft
von ½ Zitrone

2 EL frisch gehackte
Kräuter
1 Zweig
Zitronenthymian
1 EL Butter
30 ml Feigen-Balsam-
Essig

Das Fleisch mit Salz und Pfeffer würzen, im Olivenöl scharf anbraten und mit Alufolie bedeckt, auf das Gitter bei 80°C (Umluft) im Ofen warm stellen. Steckt man einen Kochlöffel in die Ofentür, ist die Temperatur ideal. Den Käse in 8 gleiche Stäbe teilen, ins Mehl, dann in die aufgeschlagenen Eier tunken und im Maisgrieß wenden. Im Kernöl goldgelb ausbacken, heraus nehmen, auf Küchenpapier abtropfen und zum Fleisch in den Ofen stellen. 20 Oliven fein hacken, mit den Blüten, der Zitronenschale, etwas Zitronensaft und den Kräutern zu einem Pesto vermischen. Den gewaschenen, getrockneten und zerkleinerten Zitronenthymian, die Butter und den Essig vermischen. Das Fleisch nochmals in der Pfanne scharf anbraten und mit der Mischung (nicht zu heiß!) glasieren. Dann der Länge nach in fingerdicke Streifen schneiden, mit je 2 Käsestäbchen auf vorgewärmten Tellern anrichten, mit Oliven-Pesto und dem Rest ganzer Oliven verzieren, mit Salz bestreuen und mit Baguette oder einem Salat servieren.

Kalbsrückensteak in Apfel-Balsam-Elixier und Brokkolizauber

(4 Portionen)
4 Kalbsrückensteaks
Salz, Pfeffer
2 EL Pflanzenöl
1 Zwiebel
1 Apfel
8 EL Butter
1 EL Zucker
40 ml Apfelessig

400 ml Kalbsfond
200 ml süße Sahne
40 ml Haselnussöl
4 Eigelb
40 ml Weißwein
40 ml Trauben-
Balsam-Essig
1 Brokkoli
½ kg gekochte

Kartoffeln vom Vortag
150 g Mehl
75 g Weichweizengrieß
2 Eigelb
1 Messerspitze Muskat
60 ml Trüffelöl
1 kleines Stück fein
geschnittener schwarzer
Trüffel

Das Fleisch salzen, pfeffern, im Öl anbraten, aus der Pfanne nehmen und warm halten. Die Zwiebel und den Apfel schälen, klein schneiden, in 1 Esslöffel Butter schwenken, mit dem Zucker karamellisieren und mit dem Apfelessig löschen. Den Fond aufgießen, einkochen und die Sahne dazu geben. Für die Soße 6 Esslöffel Butter und das Nussöl in einer Pfanne schmelzen. In einer weiteren Pfanne 2 Eigelb mit dem Wein und dem Traubenessig erhitzen und vom Herd nehmen. Tropfenweise die Buttermischung hinein träufeln, abschmecken und warm stellen. Den Brokkoli waschen, trocknen, zerkleinern, 12 Minuten in kochendem Salzwasser garen und beiseite stellen. Für die Gnocchi die Kartoffeln durch die Kartoffelpresse drücken, mit dem Mehl, dem Grieß, den restlichen 2 Eigelb, Muskat, Salz, Pfeffer, 50 ml Trüffelöl und den Trüffelhobeln zu einem geschmeidigen Teig verarbeiten. Den Teig walzen, rollen, klein teilen, zu Kugeln formen und mit der Gabel zu Gnocchi einstechen. 6–8 Minuten in köchelndem Salzwasser garen und abschöpfen. Die Steaks in die Apfelsoße legen. In einer Pfanne die Trüffelgnocchi im Rest Butter und Trüffelöl schwenken, mit dem gegarten Brokkoli auf 4 Tellern anrichten, mit der Haselnusssoße überziehen und mit den Steaks im Apfel-Balsam-Elixir servieren.

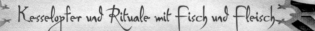
Geopferte Kalbsleber mit Pfifferlingskartoffeln

(4 Portionen)	Salz, Pfeffer	4 Scheiben Bacon
600 g Kartoffeln	80 g Butter	4 Scheiben Kalbsleber
200 g kleine Pfifferlinge	3 Zwiebeln	8 EL Rotwein
½ Bund glatte Petersilie	4 EL Mehl	(Madeira)
6–7 EL Olivenöl	100 ml Traubenkernöl	2 EL Balsamico

Die Kartoffeln garen. Die Pilze abreiben und putzen. Die Petersilie waschen, trocken schütteln und fein hacken. Die Kartoffeln schälen, grob zerdrücken, mit 80 ml kochendem Wasser vermischen und das Olivenöl unterarbeiten. Mit etwas Salz würzen. Die Pfifferlinge in 20 g Butter anbraten, mit Salz, Pfeffer und der Petersilie würzen. Einige Pilze zum Garnieren beiseite legen, den Rest unter die Stampfkartoffeln mischen. Mit Folie bedeckt bis zum Servieren warm halten. Die Zwiebeln schälen, in Ringe schneiden, mit der Hälfte des Mehls bestäuben, im heißen Traubenkernöl goldbraun ausbacken, auf Geschirrtüchern abtropfen und warm halten. Die Baconscheiben in je 4 Stücke schneiden, im Ofengrill (220°C) knusprig rösten, auf Küchenpapier abtropfen lassen und im ausgeschalteten Ofen warm halten. Die Leber beidseitig leicht salzen, pfeffern, im Rest Mehl wenden, 5–7 Minuten in 40 g Butter goldbraun braten und dabei einmal wenden. Dann aus der Pfanne nehmen, ebenfalls im Backofen warm halten und überschüssiges Fett aus der Pfanne gießen. Den Bratensatz mit Wein und Balsamico löschen und etwas einkochen lassen. Den Rest Butter kalt einrühren und die Soße damit binden (nicht mehr kochen!). Die Pfifferlingskartoffeln auf 4 Teller verteilen. Die Leberscheiben halbieren oder dritteln, mit den Röstzwiebeln, dem Rest Pilzen, dem Bacon und der Soße anrichten.

Gefolterte Rehhaxe mit Kürbisrösti

(4 Portionen)
2 Möhren
¼ Sellerieknolle
1 Zwiebel
5 EL Mehl
1 EL Butter
4 Rehhaxen
Salz, Pfeffer

2 EL Olivenöl
6 EL Butterschmalz
2 EL Tomatenmark
200 ml Rotwein
1 l Brühe oder
Wildfond
½ l süße Sahne
½ kg Kürbisfleisch
(Hokkaido)

2 EL Honig
1 TL Honig-Balsam-
Essig
Muskat, Zimt nach
Geschmack
1 EL Balsamico
1 EL Thymian
1 EL Rosmarin

Den Ofen auf 140°C vorheizen. Das Gemüse nach Bedarf schälen, putzen
und zerkleinern. 1 Esslöffel Mehl mit der Butter verkneten.
Die Haxen mit Salz und Pfeffer würzen, in einem Bräter von allen Seiten im Öl
und 2 Esslöffeln Schmalz kräftig anbraten, dann heraus nehmen und zur Seite stellen.
Nun das Gemüse mit dem Tomatenmark im Bräter dunkel (nicht schwarz!) rösten,
in mehreren Schritten mit dem Wein, dann dem Fond löschen und aufkochen.
Die Sahne dazu geben, mit der Mehlbutter binden, die Haxen hinein legen und
1½ Stunden zugedeckt im Ofen garen. Für die Rösti den Kürbis grob reiben, mit
dem Rest Mehl verkneten und mit Honig, Honigessig und den Gewürzen
abschmecken. In einer Pfanne im Rest Schmalz goldgelbe, kleine Rösti braten.
Die garen Haxen aus dem Bräter nehmen und warm stellen. In die Soße den
Balsamico einrühren, dann absieben, mit Pfeffer, Salz und den Kräutern
abschmecken und alles servieren.
Dazu passen grüne Bohnen, Rot- oder Rosenkohl.

Schützende Rehmedaillons im Portwein-Feigen-Kreis

(4 Portionen)
6 EL Olivenöl
Salz, Pfeffer
2 Lorbeerblätter

6 Wacholderbeeren
4 Pimentkörner
1 EL Petersilie
1 EL Rosmarin
8 Rehmedaillons

50 ml (portugiesischer)
Likörwein
¼ l Wildfond
2 Feigen

Den Ofen auf 180 °C vorheizen. Aus 4 Esslöffeln Öl, Salz und Pfeffer, dem gehackten Lorbeer, den zerdrückten Wacholderbeeren und Pimentkörnern sowie den Kräutern eine Marinade herstellen. Die Medaillons damit einpinseln und 2–3 Stunden ziehen lassen. Dann das Fleisch im Rest Öl beidseitig in einer Pfanne scharf anbraten und 5 Minuten im Ofen fertig garen. Aus der Pfanne nehmen und warm stellen. Den Bratensatz mit dem Likörwein, dann dem Fond aufgießen, etwas einkochen lassen und durch ein Sieb passieren. Die Medaillons kurz in der Soße erwärmen. Die Feigen waschen, putzen, würfeln und dazugeben (nicht mehr kochen!). Dazu passen Kroketten und Brokkoli.

Heidnischer Hirschrücken mit Pfefferbirnen

(4 Portionen)	4 Hirschrückensteaks	¼ l Rotwein
4 Birnen	Salz, Pfeffer	½ TL Pimentpulver
125 ml Sherryessig	6 EL Mehl	½ TL
1 EL grüner Pfeffer (Glas)	100 ml Walnussöl	Muskatblütenpulver
1 große Zwiebel	1 EL Zucker	
	1 EL Tomatenmark	

Den Ofen auf 180°C vorheizen. Die Birnen waschen, schälen, entkernen, würfeln und mit etwas Sherryessig beträufeln. Die Pfefferkörner untermischen und 10 Minuten ziehen lassen. Die Zwiebel schälen und würfeln. Die Steaks mit Salz und Pfeffer würzen und in 4 Esslöffeln Mehl wenden. 1–2 Minuten auf jeder Seite in 3 Esslöffeln Öl anbraten, heraus nehmen und zwischen 2 Tellern im Ofen warm halten (dadurch garen sie etwas nach). Im Rest Öl die Zwiebelwürfel glasig dünsten, den Zucker und das Tomatenmark hinzu fügen, kräftig anbraten, mit dem Rest Mehl bestäuben und Farbe annehmen lassen. Mit dem Rest Sherryessig und dem Wein löschen, die Gewürze dazu geben und 10 Minuten köcheln. Die eingelegten Birnen hinzu fügen, abschmecken und weitere 5 Minuten köcheln. Die Steaks mit der Soße auf 4 Tellern anrichten. Dazu passen Spätzle, Kroketten oder Kartoffelpüree.

Kesselopfer und Rituale ohne Fisch und Fleisch

Bist du zu dunkler Stunde
oder gar um Mitternacht
mit finstrer Macht im Bunde,
dann hast du es zur Hex' gebracht!

Nun kannst du zaubern ganz nach Wunsch,
wir alle sind schon sehr gespannt.
Machst Liebestrank und Hexenpunsch
und sprichst auch manchen Hexenbann.

Hexenkunst ist es jedoch,
da hast du die Wahl der Qual,
und nur Hexen können's noch,
ein grausig' Hexenritual.

(Beschwörung der gefürchteten „alemannischen Weiber")

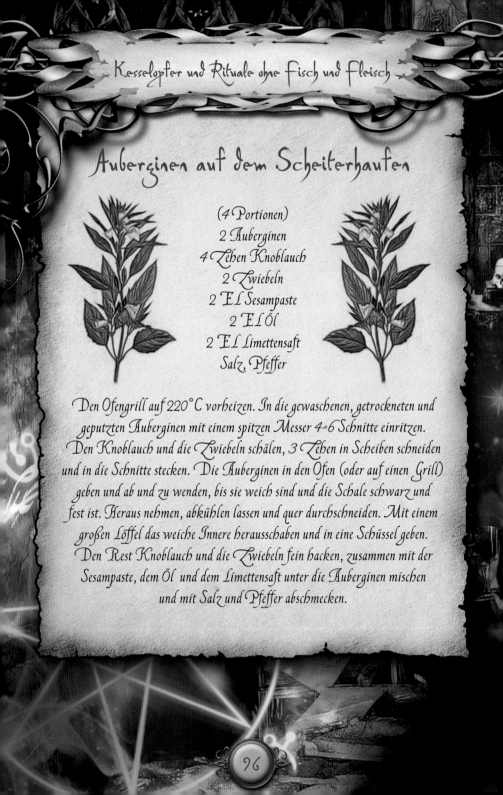

Auberginen auf dem Scheiterhaufen

(4 Portionen)
2 Auberginen
4 Zehen Knoblauch
2 Zwiebeln
2 EL Sesampaste
2 EL Öl
2 EL Limettensaft
Salz, Pfeffer

Den Ofengrill auf 220°C vorheizen. In die gewaschenen, getrockneten und geputzten Auberginen mit einem spitzen Messer 4–6 Schnitte einritzen. Den Knoblauch und die Zwiebeln schälen, 3 Zehen in Scheiben schneiden und in die Schnitte stecken. Die Auberginen in den Ofen (oder auf einen Grill) geben und ab und zu wenden, bis sie weich sind und die Schale schwarz und fest ist. Heraus nehmen, abkühlen lassen und quer durchschneiden. Mit einem großen Löffel das weiche Innere herausschaben und in eine Schüssel geben. Den Rest Knoblauch und die Zwiebeln fein hacken, zusammen mit der Sesampaste, dem Öl und dem Limettensaft unter die Auberginen mischen und mit Salz und Pfeffer abschmecken.

Eierfluch auf Senfsoße und warmem Spinatsalat

(4 Portionen)	Saft von 1 Zitrone	Salz, Pfeffer
4 Schalotten	4 EL Butter	2 EL Limonenöl
1 kg Blattspinat	2 EL Mehl	1 Tl brauner Zucker
2 Sardellen	½ l Milch	8 hart gekochte Eier
1 Bund Schnittlauch	2 EL Dijonsenf	

Die Schalotten schälen und fein schneiden. Den Spinat putzen, waschen und gut abtropfen lassen. Die Sardellen fein hacken. Den Schnittlauch waschen, trocken schütteln und fein schneiden. Die Zitrone auspressen. Die Hälfte der Schalotten in einem Topf mit der Hälfte der Butter anschwitzen, mit dem Mehl bestäuben, mit der Milch aufgießen und alles mit dem Schneebesen glatt rühren. 3 Minuten köcheln, dann den Senf unterrühren. Die Soße mit Salz und Pfeffer abschmecken und kurz vor dem Servieren mit dem Pürierstab mixen. Für den Spinatsalat das Öl in einer Pfanne erwärmen. Darin den Rest Schalotten anschwitzen, die Sardellen, dann den Spinat dazu geben und diesen wieder heraus nehmen, sobald er leicht zusammen gefallen ist. Den Schnittlauch untermischen und mit Zitronensaft, Salz, Pfeffer und dem braunen Zucker abschmecken. Die Eier schälen, vorsichtig in einer Pfanne im Rest Butter schwenken, mit dem Spinatsalat auf den Tellern anrichten und mit der Senfsoße überziehen. Dazu passen Salzkartoffeln oder Brot.

Verführte Farfalle
mit Kürbiskern-Pesto

(4 Portionen)
75 g Kürbiskerne
2 Knoblauchzehen

1 Bund Petersilie
Salz, Pfeffer
5 EL Gemüsefond
5 EL Kürbiskernöl

5 EL Sonnenblumenöl
200 g Mozzarella
400 g Farfalle

Die Kerne trocken in einer beschichteten Pfanne rösten. Den Knoblauch schälen und mit der gewaschenen, trocken geschüttelten Petersilie gut pürieren. Mit Salz und Pfeffer würzen. Den Fond und das ganze Öl dazu geben. Den Mozzarella würfeln, die Nudeln gar kochen, abtropfen und noch heiß mit dem Pesto und dem Mozzarella vermischt servieren.

Römische Schafott-Zucchini mit Rotwein-Brot-Lasagne

(4 Portionen)
4 Zucchini
250 g Frischkäse
1 Bund Schnittlauch
1 Stängel Rosmarin
Salz, Pfeffer

3 EL Limonenöl
300 g Schalotten
(ca. 10 Stück)
35 g Zucker
300 ml Rotwein
1 Lorbeerblatt

1 Gewürznelke
5 EL Balsamico
3 zerstoßene Pfefferkörner
5 EL Olivenöl
6 Scheiben
Roggenmischbrot

Den Ofen auf 220 °C vorheizen. Die Zucchini waschen, trocknen und mit einem Kerngehäuse-Ausstecher aushöhlen. Den Frischkäse in eine Schüssel geben. Die Kräuter waschen, trocken schütteln, hacken und dazu geben. Mit Salz, Pfeffer, Limonenöl und 1 Prise Zucker abschmecken. Die Käsecreme mit einem Spritzbeutel in die ausgehöhlten Zucchini füllen und die Enden mit Zahnstochern fixieren. Die gefüllten Zucchini im Ofen oder auf einem Grill in einer Aluschale garen. Die Schalotten schälen, putzen und halbieren. In einem Topf den Zucker erhitzen, karamellisieren, mit dem Wein löschen und köcheln. Den Lorbeer, die Nelke, den Balsamico und den zerstoßenen Pfeffer dazu geben und etwas einköcheln lassen. Die Schalotten hinzu fügen, gar köcheln, mit Salz und Pfeffer abschmecken. Die Brotscheiben halbieren, mit dem Olivenöl einpinseln und auf dem Grill knusprig braten. Auf 4 Teller Türmchen aus Brot und Schalotten im Wechsel häufen. Die Zucchini halbieren, die Zahnstocher entfernen und je ½ Zucchini auf jeden Teller setzen.

Vollmondgemüse-Pilz-Risotto

(4 Portionen)	2 Zwiebeln	2 EL Steinpilzöl
2 Artischocken	50 g Butter	100 g Parmesan
Saft von 2 Zitronen	400 g Risottoreis	100 ml süße Sahne
200 g Kohlrabi	1 l Gemüsebrühe	Salz, Pfeffer
200 g Steinpilze	6 EL Olivenöl	1 Bund Petersilie

Von den Artischocken die Stiele und die unteren Außenblätter entfernen.
Die übrigen Blätter abzupfen, mit dem Zitronensaft bepinseln, das weiche
Fleisch abschaben und mit dem Herz würfeln. Den Kohlrabi schälen,
zerkleinern und blanchieren. Die Pilze abreiben und klein schneiden.
Die Zwiebeln schälen, hacken und in einem Topf mit Butter anschwitzen.
Den Reis dazu geben, glasig anschwitzen, mit der Brühe auffüllen und unter
ständigem Rühren garen. Wird der Risotto zu dick, noch Brühe hinzu fügen.
Das vorbereitete Gemüse in einer Pfanne mit dem Olivenöl anschwitzen.
Kurz bevor der Reis weich ist, das Steinpilzöl, den Parmesan und die
Sahne unter das Risotto heben, mit Salz und Pfeffer abschmecken.
Die Petersilie waschen, trocken schütteln, hacken und mit dem Gemüse
unter den Risotto mischen.

Leichte Gemüsefrikadellen
für den Besenritt

(4 Portionen)   1 Zwiebel   3 Eier
600 g Kartoffeln   8 EL Olivenöl   Salz, Pfeffer
200 g Möhren   3 EL geriebener   2 EL Semmelbrösel
200 g Mangold   Parmesan

Die Kartoffeln und die Möhren schälen, zerkleinern und bissfest garen.
Den Mangold waschen, blanchieren, abtropfen und fein hacken. Die Zwiebel
schälen, hacken, in 2 Esslöffeln Öl glasig dünsten, das Gemüse dazu geben und
10 Minuten mitdünsten. Die Hitze leicht erhöhen, den Parmesan, dann rasch
die Eier untermischen, glatt rühren, salzen und pfeffern. Abkühlen, runde oder
ovale Frikadellen aus der Masse formen, in den Semmelbröseln wenden und
im Rest des Öls heiß frittieren. Dazu passt Kartoffelpüree.

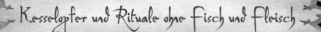

Garstig gratinierte Paprikaröllchen

(4 Portionen)
5 große Paprikaschoten
5 Scheiben Toastbrot
30 g Butter

1 Knoblauchzehe
1 Bund Petersilie
1 Ei
3 EL Weißwein

60 g geriebener Pecorino
Salz, Pfeffer
2 EL Rosmarinöl
125 g Mozzarella

Den Ofen auf 250°C vorheizen. Ein Blech mit Alufolie auslegen.
Die Paprikaschoten waschen, trocknen, putzen, entkernen und vierteln.
Mit der Hautseite nach oben dicht auf das Blech legen und mit den Händen
flach drücken. Auf der oberen Schiene 15–20 Minuten backen, bis die Haut
Blasen wirft. Heraus nehmen und abkühlen lassen. Den Ofen auf 200°C
zurückstellen. Das Toastbrot entrinden, fein zerbröseln und mit der Butter
in einer Pfanne unter Rühren goldbraun rösten. Den Knoblauch schälen und
dazu pressen. Die Petersilie waschen, trocken schütteln, fein hacken und
ebenfalls dazu geben. Das Ei, den Wein und die Hälfte des Pecorinokäses
unterrühren, salzen und pfeffern. Eine Auflaufform mit 1 Esslöffel
Rosmarinöl auspinseln. Die Paprikastücke mit einem spitzen Messer
häuten, der Länge nach durchschneiden, mit Bröselmasse belegen, aufrollen
und mit der Naht nach unten in die Form setzen. Salzen und mit den Rest
Pecorino bestreuen. Den Mozzarella würfeln und darauf verteilen.
Mit dem Rest Rosmarinöl beträufeln und auf der mittleren Schiene
15 Minuten überbacken.

Kartoffelspieße nach Landsknecht-Art

(4 Portionen)
½ kg kleine Kartoffeln
½ kg rote
Paprikaschoten
½ kg gelbe
Parikaschoten

½ kg grüne
Paprikaschoten
1 Knoblauchzehe
50 g Trockentomaten
in Öl
1 Zweig Rosmarin

½ Bund Majoran
4 EL Basilikumöl
je 1 TL Salz, Pfeffer
½ Bund Salbei oder
Basilikum

Die Kartoffeln unter fließend kaltem Wasser abbürsten und mit Schale 10 Minuten vorkochen. Die Paprikaschoten waschen, vierteln, putzen und noch einmal quer durchschneiden. Den Knoblauch schälen und mit den Tomaten und dem gewaschenen, trocken geschüttelten Rosmarin und Majoran klein hacken. Mit dem Tomaten~ und dem Basilikumöl, Salz und Pfeffer verrühren. Die Kartoffeln einmal durchschneiden, jeweils ein Salbei~ oder Basilikumblatt zwischen die Hälften legen und wieder zusammensetzen. Kartoffel~ und Paprikastücke abwechselnd auf Spieße stecken und 10~15 Minuten grillen. Nach der halben Grillzeit mit dem vorbereiteten Würzöl bestreichen.

Mitternachts-Kürbisrisotto

(4 Portionen)
250 g Risottoreis
25 g Butter
50 ml Olivenöl
Salz
1 Messerspitze
Kurkumagewürz

½ kg Kürbis
(Hokkaido)
150 g Maronenpilze
50 g Rauke
80 g geriebener
Parmesan

Den Reis in der Butter und der Hälfte des Öls anschwitzen. Nach und nach
1 Liter Wasser dazu geben, bis er nach 20 Minuten gar, aber noch bissfest ist.
Salzen und am Ende der Garzeit das Kurkuma einrühren. Den Kürbis
von Schale, Kernen und Fasern befreien, achteln, in Scheiben schneiden und
10 Minuten im Rest Öl anschwitzen. Die Pilze abreiben, in Scheiben
schneiden und 2 Minuten vor Ende der Garzeit dazu geben. Die Rauke
(Rucola) waschen, trocken schütteln, grob hacken und mit dem Parmesan
zum Servieren hinein geben.

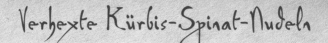

Verhexte Kürbis-Spinat-Nudeln

(4 Portionen)
1 Schalotte
250 g Blattspinat
400 g Kürbis

2-3 EL Olivenöl
Salz, Pfeffer
250 g Penne
200 g Mozzarella

50 g italienischer
Hartkäse
300 ml süße Sahne
1 Prise Muskat

Die Schalotte schälen und fein würfeln. Den Spinat kochen und leicht ausdrücken. Den Kürbis von Schale, Kernen und Fasern befreien und in dünne Spalten schneiden. Die Schalotte 2 Minuten in 1 Esslöffel Öl dünsten, den Spinat dazu geben und zugedeckt bei mittlerer Hitze 3 Minuten dünsten, salzen und pfeffern. In einer weiteren Pfanne 1 Esslöffel Öl erhitzen und den Kürbis darin 5 Minuten anbraten, salzen und pfeffern. Den Ofen auf 200°C vorheizen. Die Penne bissfest garen. Den Mozzarella in dünne Scheiben schneiden. Den Hartkäse fein reiben. Die Sahne mit Salz, Pfeffer und frisch geriebener Muskatnuss würzen. Eine Auflaufform mit Olivenöl fetten. Die Pasta abgießen und zusammen mit Spinat, Kürbis und Käse hinein schichten. Alles mit der Sahne übergießen und auf der mittleren Schiene 20 Minuten im Ofen backen.

Zucchini im Fegefeuer

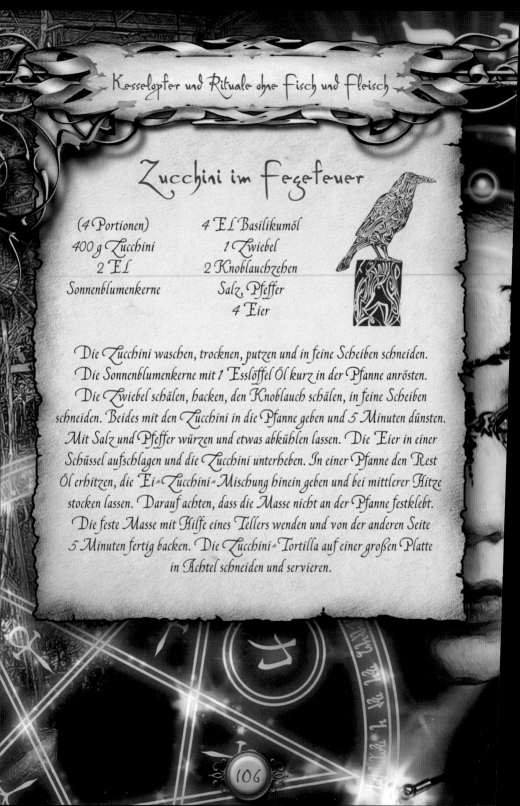

(4 Portionen)
400 g Zucchini
2 EL
Sonnenblumenkerne

4 EL Basilikumöl
1 Zwiebel
2 Knoblauchzehen
Salz, Pfeffer
4 Eier

Die Zucchini waschen, trocknen, putzen und in feine Scheiben schneiden.
Die Sonnenblumenkerne mit 1 Esslöffel Öl kurz in der Pfanne anrösten.
Die Zwiebel schälen, hacken, den Knoblauch schälen, in feine Scheiben
schneiden. Beides mit den Zucchini in die Pfanne geben und 5 Minuten dünsten.
Mit Salz und Pfeffer würzen und etwas abkühlen lassen. Die Eier in einer
Schüssel aufschlagen und die Zucchini unterheben. In einer Pfanne den Rest
Öl erhitzen, die Ei-Zucchini-Mischung hinein geben und bei mittlerer Hitze
stocken lassen. Darauf achten, dass die Masse nicht an der Pfanne festklebt.
Die feste Masse mit Hilfe eines Tellers wenden und von der anderen Seite
5 Minuten fertig backen. Die Zucchini-Tortilla auf einer großen Platte
in Achtel schneiden und servieren.

Wirsingrouladen in Weißwein-Sahne-Sünde

(4 Portionen)	100 g Walnusskerne	25 g Butter
1 Wirsing	30 ml Walnussöl	25 g Mehl
350 g Kartoffeln	1 TL Paprikapulver	300 ml Gemüsefond
200 g Möhren	edelsüß	150 ml Weißwein
150 g Porree	Salz, Pfeffer	100 ml süße Sahne
4 Zwiebeln	30 ml Olivenöl	2 EL Kümmel

Den Wirsing waschen, putzen und 10 Minuten in Salzwasser blanchieren. Die Kartoffeln und die Möhren waschen, schälen, längs halbieren und in ½ cm breite, schräge Scheiben schneiden. Den Porree putzen, waschen und in ½ cm dünne Ringe schneiden. 2 Zwiebeln schälen und in feine Streifen schneiden. Die Nüsse grob hacken. Die Möhren im heißen Walnussöl 1 Minute dünsten. Den Porree, die Zwiebelstreifen und zwei Drittel der Nüsse dazu geben, 3 Minuten dünsten und abkühlen. Den Ofen auf 190° C vorheizen. Den Wirsing abschrecken. 12 große Blätter abzupfen und auf ein Geschirrtuch legen. Die Kartoffeln fein reiben, mit den Möhren vermengen und mit Paprikapulver, Salz und Pfeffer würzen. Jeweils 2 Wirsingblätter aufeinanderlegen und etwas Gemüse darauf häufeln. Die Ränder leicht einschlagen, die Blätter zu Rouladen rollen und mit Küchengarn zubinden. Das Olivenöl in einem Schmortopf erhitzen, die Rouladen hinein setzen, 1 Minute anbraten, mit 300 ml Wasser löschen und 35–40 Minuten zugedeckt im Ofen fertig garen. Für die Soße die restlichen Zwiebeln schälen, fein würfeln, in der Butter glasig dünsten, mit dem Mehl bestäuben und kurz anschwitzen. Mit dem Fond und dem Wein löschen und aufkochen. Die Sahne und den Kümmel dazu geben, bei mittlerer Hitze 5 Minuten köcheln und abschmecken. Die Rouladen aus dem Ofen nehmen, das Garn entfernen, mit der Soße und dem Rest Nüssen anrichten und servieren. Dazu passt frisches Baguette.

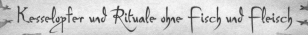
Verführerische Haselnuss-Täschchen an roten Linsen

(4 Portionen)	Linsen:	Maultaschen:
Zwiebelconfit:	1 Zwiebel	100 g gemahlene
300 g Zwiebeln	1 Knoblauchzehe	Haselnüsse
3 Knoblauchzehen	1 Zucchini	½ kg Ricotta
20 g Butter	2 Möhren	3 Eigelb
20 ml Olivenöl	30 g eingeweichte	50 ml Haselnussöl
50 ml Grenadine	rote Linsen	50 g Mehl
30 g Zucker	20 g Butter	½ kg fertiger
50 ml Balsamico	40 ml Balsamico	Nudelteig
200 ml Kalbsfond	30 ml Olivenöl	2 Eiweiß
150 ml Rotwein	Salz, Pfeffer	1 EL Butter
		1 EL Öl

Für das Zwiebelconfit die Zwiebeln schälen und in feine Ringe schneiden und den Knoblauch schälen und klein schneiden. Beides in einer Pfanne mit der Butter und dem Öl anschwitzen und mit Grenadine löschen. Den Zucker in der Pfanne karamellisieren lassen, mit Balsamico löschen, mit Fond und Wein auffüllen. Für die Linsen die Zwiebel und den Knoblauch schälen und würfeln. Die Zucchini und Möhren waschen, putzen und ebenfalls würfeln. Die eingeweichten Linsen in Salzwasser bissfest kochen, absieben und in eine Schüssel geben. Die Butter in einer Pfanne erwärmen, die Zwiebel- und Knoblauchwürfel darin anschwitzen, die Zucchini- und Möhrenwürfel dazu geben, verrühren, mit den Linsen vermengen, mit Essig, Öl, Salz und Pfeffer marinieren. Für die Maultaschen die Nüsse trocken in einer beschichteten Pfanne rösten und vom Herd nehmen. Den Ricotta in eine Schüssel geben und die 3 Eigelb, 40 ml Haselnussöl und das Mehl gut unterrühren. Die gerösteten, abgekühlten Nüsse dazu geben und mit Salz und Pfeffer würzen. Den Teig ausrollen und in Täschchen unterteilen. Die Ricottamasse mit einem Spritzbeutel in Portionen auf einer Teighälfte verteilen, die Ränder mit Eiweiß bestreichen, Die andere Teighälfte darüber klappen. Mit dem Kochlöffelstiel Rillen für die einzelnen Taschen hinein drücken und an diesen entlang ausschneiden. Die Maultaschen an den Enden zusammendrücken. Salzwasser aufkochen. Die Maultaschen 10 Minuten darin kochen und kurz in der Butter und dem Rest Öl in einer Pfanne anbraten. Das heiße Zwiebelconfit mit etwas Linsensalat und den gebratenen Maultaschen auf 4 Tellern anrichten.

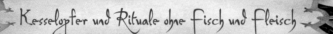

Ketzer-Kastanienbraten

(4 Portionen)
1 kg Esskastanien
1 Zwiebel
2 Selleriestangen
25 g Margarine

2 EL gehackte Petersilie
2 EL Zitronensaft
1 Knoblauchzehe
1 TL Salz

½ TL Pfeffer
½ Tasse Semmelbrösel
4 EL Öl
4 EL Preiselbeersoße

Die Kastanien weich kochen und schälen – oder 750 g gekochte Kastanien verwenden. Die Zwiebel schälen und hacken. Den Sellerie waschen, putzen, hacken und beides 10 Minuten in der Margarine dünsten. Mit den Kastanien alles in einer Schüssel zerstampfen. Die Petersilie, den Zitronensaft und den geschälten, gepressten Knoblauch unterheben, salzen und pfeffern. Den Ofen auf 200°C vorheizen. Aus der Masse einen Laib formen und in Semmelbröseln wälzen. Ist die Masse zu weich, noch Brösel unterkneten. Den Laib in einen gefetteten Bräter legen, mit dem Öl beträufeln und 45 Minuten knusprig backen, dabei immer wieder mit Öl beträufeln. Den Kastanienbraten in dicke Scheiben schneiden und mit der Preiselbeersoße servieren. Was für ein Festessen!

Dieser Kastanienbraten überzeugt auch „eingefleischte" Nicht-Veganer.

Wiccas Möhrenbraten

(4 Portionen)
2 Zwiebeln
2 Knoblauchzehen
700 g Möhren
4 EL Olivenöl

1 EL
Gemüsebrühpulver
1 EL Hefeextrakt
2 EL Hefeflocken

300 g geriebene
Mandeln
Pfeffer, 1 TL Salz
200 g geriebenes
Vollkornbrot

Die Zwiebeln und den Knoblauch schälen und fein hacken. Die Möhren waschen, putzen und grob zerkleinern. Den Ofen auf 180°C vorheizen. Die Zwiebeln und den Knoblauch im Öl glasig dünsten, die Möhren in wenig Wasser (oder im Dampftopf) bissfest garen. Beides mischen, pürieren, mit den übrigen Zutaten verkneten und abschmecken. Aus dem Teig einen Laib formen oder in eine gut gefettete Kastenform füllen und 1 Stunde backen. Ein einfacher Braten – köstlich und schmeckt auch Kindern! Dazu passen gebackene Gemüse, Kartoffeln und eine Soße nach Wunsch.

Verborgener Spinat-Mandel-Braten

(4 Portionen)
700 g TK-Spinat
1½ Zwiebeln
3 Knoblauchzehen
3 EL Öl
130 g Semmelbrösel
360 g gemahlene Mandeln

3 EL Tomatenmark
3 EL Sojasoße
1 EL Zitronensaft
2 TL Majoran
1 TL Salz
½ TL Pfeffer
1 Packung Blätterteig

Den Spinat auftauen und grob hacken. Die Zwiebeln und den Knoblauch schälen, hacken, im heißen Öl glasig dünsten, den Spinat dazu geben und einige Minuten köcheln. Den Ofen auf 170° C vorheizen. Die Semmelbrösel mit den Mandeln vermischen, die Spinatmischung unterrühren und mit den übrigen Zutaten außer dem Teig verkneten. Ist die Masse zu krümelig, noch etwas Wasser unterkneten. Die Bratenmasse zu einem Laib formen und nach Wunsch in Blätterteig wickeln oder in eine gefettete Kastenform geben und 30-40 Minuten backen. Ein herrlich saftiger Braten. Die Blätterteighülle macht den Braten noch saftiger. Dazu gibt es Brokkoli, Champignons oder anderes Gemüse.

Soja-Kraut-Pastete

(4 Portionen)
1 kleiner Kopf Weißkohl
300 g Möhren
300 g Sellerie
1 Zwiebel
6 EL Öl
6 EL Soja-Hack

1 EL Tomatenmark
2 TL Majoran
1 TL Salz
½ TL Pfeffer
½ TL gemahlener Kümmel
2 EL Hefeflocken
1 EL Sojamehl
2 Brötchen vom Vortag

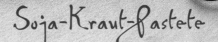

Von dem Weißkohl (Weißkraut) 10–15 große Blätter ablösen und in einem Topf mit Salzwasser blanchieren. Vom restlichen Kraut 400 Gramm abwiegen und hacken. Den Ofen auf 160°C vorheizen. Das Gemüse nach Bedarf waschen, putzen, schälen, fein hacken und im Öl dünsten. Das Soja-Hack dazu geben und mit wenig Wasser weich dünsten. Mit Tomatenmark, Majoran, Salz, Pfeffer, Kümmel und Hefeflocken abschmecken, dann das Sojamehl und die geriebenen Brötchen zu einen festen Teig vermengen (eventuell noch Semmelbrösel unterkneten). Eine Pasteten- oder Auflaufform ausfetten und mit den blanchierten Kohlblättern auslegen. Die Masse einfüllen, glatt streichen, mit den überlappenden Blättern bedecken und 50 Minuten im Ofen backen, dabei in den ersten 40 Minuten die Pastete abdecken. Diese Pastete ist etwas für besondere Anlässe. Dazu sollte man eine dunkle Bratensoße und Kartoffeln reichen.

Blätterteigpizza mit Pfiffer-Fluch

(4 Portionen)
1 Packung TK-
Blätterteig
300 g Tomaten
250 g Pfifferlinge

1 Packung Rauke
2 Knoblauchzehen
3 EL Olivenöl
1 TL Oregano
Pfeffer, Salz

Den Ofen auf 180°C vorheizen. Den Teig antauen lassen, zu einem großen Rechteck (oder 4 kleineren Rechtecken) auf ein Blech legen und 10 Minuten vorbacken. Die Tomaten waschen, trocknen, putzen und in Scheiben schneiden. Die Pilze abreiben, putzen und je nach Größe halbieren. Die Rauke (Rucola) waschen, trocken schütteln und putzen. Den Knoblauch schälen, halbieren, im heißen Öl anbraten, die Pilze dazu geben und 2–3 Minuten dünsten. Den Teig mit den Tomatenscheiben belegen, mit Oregano und Pfeffer bestreuen, dann die Pfifferlinge darüber verteilen. 10 Minuten im Ofen backen. Vor dem Servieren salzen und mit Rucola bestreut servieren. Pfifferlinge und Rucola vereint auf einer Pizza – das ist verhext genial. Wer Zeit hat, kann den Pizzateig auch selbst machen.

Brasilianische Chili-Trance

(4 Portionen)	1 TL Chilipulver	4 EL Öl
200 g schwarze Bohnen	2 TL Oregano	2 Zwiebeln
4 Lorbeerblätter	2 TL Paprikapulver	½ kg Tomaten
6 Knoblauchzehen	edelsüß	1 EL Essig
1 TL Cayennepfeffer	2 TL Kreuzkümmel	1 TL Tabasco
	1 TL Salz	

Die Bohnen mindestens 8 Stunden einweichen. Das Einweichwasser wegschütten und die Bohnen mit 800 ml frischem Wasser, dem Lorbeer und 4 geschälten Knoblauchzehen aufkochen. Einige Minuten köcheln, dann bei kleiner Temperatur weich kochen. Die Gewürze mischen und im heißen Öl kurz anrösten. Die Zwiebeln und den Rest Knoblauch schälen, fein hacken, dazu geben und kurz anbraten. Die Tomaten waschen, trocknen, putzen, würfeln und hinzu fügen, mit Essig und Tabasco abschmecken und 10 Minuten köcheln. Die weichen Bohnen abtropfen und hinein geben, 10 Minuten köcheln und mit Salz abschmecken. Dieses Chili ist feurig scharf und lässt sich entweder pur essen oder in Paprikaschoten backen. Dazu wird es in halbierte Paprikaschoten gefüllt, mit veganem Käse (Cheesy) bestreut und 15 Minuten bei 180°C im Ofen überbacken.

Gebannte Bulgur-Gemüsepfanne

(4 Portionen)
400 g Zucchini
200 g Frühlingszwiebeln
300 g Paprikaschoten

2 Knoblauchzehen
4 EL Olivenöl
180 g Bulgur
½ l Gemüsebrühe
1 TL Chilipulver

1 TL Kreuzkümmel
1 TL Salz
4 EL gehackte
Petersilie

Die Zucchini waschen, putzen und in Scheiben schneiden.
Die Frühlingszwiebeln waschen, putzen und in Röllchen schneiden.
Die Paprikaschoten waschen, putzen und würfeln. Den Knoblauch schälen,
fein hacken, mit den Zwiebeln im heißen Öl anbraten und die Paprika dazu
geben. Den Bulgur darin anschwitzen, die Brühe angießen und bei mittlerer
Hitze weich kochen. In den letzten 3 Minuten die Zucchinischeiben hinein
geben, würzen und die Petersilie untermischen.

Cannelloni mit Auberginen-Erfüllung

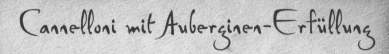

(4 Portionen)   4 EL Olivenöl   1 EL Tahina
1 Aubergine   75 g Soja-Hack   1 Packung Cannelloni
1 Zwiebel   Salz, Pfeffer   ½ l Tomatensaft
2 Knoblauchzehen   1 TL Thymian   1 TL Stärkemehl
1 Fleischtomate   2 TL Oregano   1 TL Zucker

Die Aubergine längs halbieren und bei 200°C im Ofen 20 Minuten weich backen. Das Fruchtfleisch heraus kratzen und mit der Gabel zerdrücken. Die Zwiebel und den Knoblauch schälen und fein hacken. (Alternativ die Aubergine schälen, fein hacken und etwas länger mit Zwiebel und Knoblauch braten.) Die Tomate überbrühen, schälen, entkernen und würfeln. Den Ofen auf 190°C herunter schalten. Im heißen Öl Zwiebeln und Knoblauch glasig dünsten, die Aubergine und das Soja-Hack dazu geben und unter ständigem Rühren braten. Alles mit Salz, Pfeffer, Thymian und Oregano würzen, nach Bedarf 2-3 Esslöffel Wasser hinzu fügen. Tahina unterrühren und die Tomatenwürfel unterziehen. Die Masse nochmals abschmecken und mit einem Spritzbeutel oder kleinen Löffel in die Cannelloni füllen. Den Tomatensaft mit Oregano, Salz, Pfeffer, Zucker und der Stärke verrühren. Die gefüllten Nudeln in eine feuerfeste Form setzen, mit der Tomatensauce übergießen und 40 Minuten im Ofen überbacken. Falls etwas von der leckeren Füllung übrig bleibt, ergibt sie einen delikaten Brotaufstrich.

Chinakohl im Sojarausch

(4 Portionen)
½ kg Chinakohl
300 g Pilze
3 El Öl

½ Tl Salz
150 ml Sojamilch
2 El Stärkemehl
1 Tl Zucker
1 El Sojasoße

Den Kohl waschen, putzen und in 2 cm breite Streifen schneiden.
Die Pilze abreiben und nach Wunsch zerkleinern. Das Öl in einem
Wok erhitzen und den Kohl darin unter ständigem Rühren kurz anbraten.
Die Pilze dazu geben, salzen und kurz weiter braten. Die Sojamilch mit
dem Stärkemehl glatt rühren, zum Gemüse gießen und kurz aufkochen,
bis die Soße eindickt. Mit Zucker und Sojasoße abschmecken und zu Reis
servieren. Diese Zubereitungsart für Chinakohl ist so schnell, dass man schon
in 10 Minuten essen kann. Am besten schmecken hier Stockschwämmchen;
Champignons passen jedoch auch recht gut dazu.

Gebratene Hühner-Illusion

(4 Portionen)
2 EL Gemüsebrühpulver
1 Tasse Soja-Schnetzel

1 Tasse Mehl
2 TL Salz
2 TL Paprikapulver edelsüß

1 TL Pfeffer
1½ Tassen zerdrückte Cornflakes
3 EL Öl

Die Brühe in ½ Tasse kochendem Wasser auflösen und die Soja-Schnetzel darin 10 Minuten quellen lassen. Das Mehl mit ½ Tasse Wasser vermengen, die Gewürze (oder auch Brathähnchengewürz) dazu geben. Die Soja-Schnetzel-Stücke darin, dann in den Cornflakes wenden und im heißen Fett kross braten. Eine Illusion von Chicken Nuggets, dazu noch Pommes und Ketchup – und schon sind alle Kinder glücklich!

Gnocchi mit Brokkoli-Weissagung

(4 Portionen)
½ kg Brokkoli
1 Packung Gnocchi
2 Frühlingszwiebeln

1 EL Margarine
100 ml Sojasahne
1 TL Gemüsebrühpulver
Pfeffer, 1 TL Salz

Den Brokkoli waschen, putzen, in kleine Röschen teilen und mit den Gnocchi in reichlich Salzwasser kochen. Die Frühlingszwiebeln waschen, putzen, in Ringe schneiden und in der Margarine anbraten. Die Sahne dazu gießen, das Brühpulver unterrühren und aufkochen. Die abgetropften Gnocchi und den Brokkoli untermischen und mit Salz und Pfeffer abschmecken.
Ein turboschnelles Gericht – und richtig lecker!

Verbotene Verlockungen

Im Schatten unter Tannen
ein Frosch saß nah beim Teich.
Doch – schwupp! – war er gefangen,
der Frosch wurde ganz bleich.

Und auch die fette Raupe
es bitterlichst bereute.
Als sie nach draußen schaute,
war sie nun fette Beute.

So ging's noch mancher Pflanz' und Tier,
gesammelt und gefangen
von einer Hex', die wohnte hier.
Bald hatte sie's beisammen.

Den Kessel macht' sie damit voll.
Es plagt sie kein Gewissen.
Wozu der Trank nun sein soll,
will niemand wirklich wissen!

(Gwyneth die Besserwissende, Erstverstoßene von Rouen)

Gedünstete Clementinen

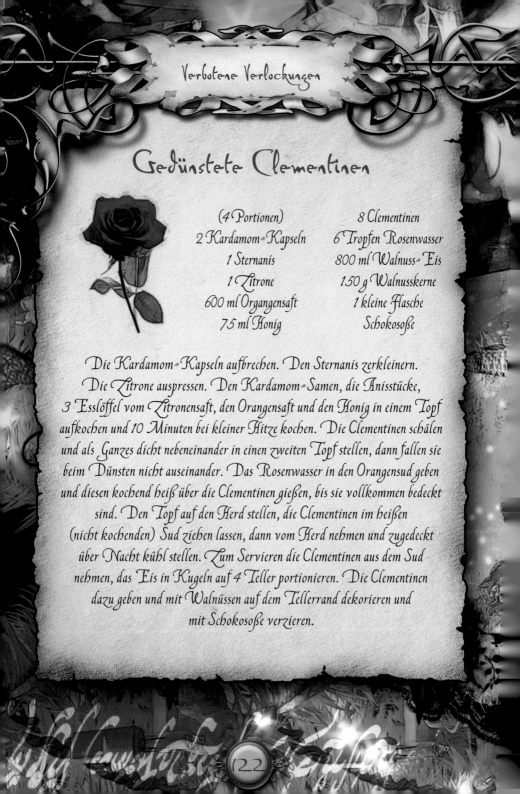

(4 Portionen)

2 Kardamom-Kapseln	8 Clementinen
1 Sternanis	6 Tropfen Rosenwasser
1 Zitrone	800 ml Walnuss-Eis
600 ml Orangensaft	150 g Walnusskerne
75 ml Honig	1 kleine Flasche
	Schokosoße

Die Kardamom-Kapseln aufbrechen. Den Sternanis zerkleinern. Die Zitrone auspressen. Den Kardamom-Samen, die Anisstücke, 3 Esslöffel vom Zitronensaft, den Orangensaft und den Honig in einem Topf aufkochen und 10 Minuten bei kleiner Hitze kochen. Die Clementinen schälen und als Ganzes dicht nebeneinander in einen zweiten Topf stellen, dann fallen sie beim Dünsten nicht auseinander. Das Rosenwasser in den Orangensud geben und diesen kochend heiß über die Clementinen gießen, bis sie vollkommen bedeckt sind. Den Topf auf den Herd stellen, die Clementinen im heißen (nicht kochenden) Sud ziehen lassen, dann vom Herd nehmen und zugedeckt über Nacht kühl stellen. Zum Servieren die Clementinen aus dem Sud nehmen, das Eis in Kugeln auf 4 Teller portionieren. Die Clementinen dazu geben und mit Walnüssen auf dem Tellerrand dekorieren und mit Schokosoße verzieren.

Gefüllte Säckchen mit Hexengruß

(4 Portionen)

3 Stängel Zitronengras	150 ml Weißwein	40 g flüssige Butter
1 unbehandelte Orange	3 EL Zucker	½ TL Speisestärke
30 g frischer Ingwer	2 große, säuerliche	2 Eigelb
Saft von ½ Zitrone	Äpfel (ca. ½ kg)	1 gehäufter EL Mohn
	4 Blätter Strudelteig	1 EL Puderzucker
	(ca. 120 g)	

Das Zitronengras waschen und zerkleinern. Die Orange dünn abschälen und den Saft auspressen. Saft und Schale mit dem fein gehackten Ingwer, dem Zitronengras, dem Zitronensaft, Wein und Zucker aufkochen. Die Äpfel schälen, halbieren, entkernen, fächerartig einschneiden und zugedeckt 6–8 Minuten bei mittlerer Hitze im Sud pochieren. Mit einer Schaumkelle heraus nehmen, abtropfen und abkühlen lassen. Den Sud leicht einkochen. Den Ofen auf 180°C vorheizen. Die Ränder der Teigblätter mit der Butter bepinseln. Je 1 Apfelhälfte auf die Mitte eines Teigblattes legen, den Teig darüber klappen und die Teigenden fest zusammendrücken. Die Teigsäckchen auf ein mit Backpapier belegtes Blech setzen und auf unterster Schiene 20 Minuten backen. Inzwischen den Sud absieben und auffangen. Die Stärke mit wenig Wasser glatt rühren, die 2 Eigelb mit 150 ml vom Sud dazu geben und im heißen Wasserbad 6–8 Minuten schaumig schlagen. Wird die Soße zu fest, mit dem Gewürzsud verdünnen. Den Mohn unterrühren. Die Apfelsäckchen vorsichtig wenden, auf 4 Dessertteller setzen, mit Puderzucker bestäuben und die Mohnschaumsoße dazu servieren.

Flambierte Bananen in magischem Elixier

(4 Portionen)
4 kleine Bananen
130 g feiner Rohrzucker
50 g Butter
½ TL Zimt

60 ml Zitronensaft
30 g gehackte Haselnüsse
4 EL brauner Rum
(80 % Vol.)
½ l Vanille-Eis

Die Bananen schälen und längs halbieren. Die Hälfte des Rohrzuckers in einer breiten Pfanne ohne Rühren schmelzen. Den Rest Zucker gleichmäßig darüber streuen und leicht karamellisieren. Die Butter und den Zimt dazu geben und unter Rühren mit einem Holzlöffel darin auflösen. Den Zitronensaft hinein geben. Leicht köcheln lassen und rühren, bis sich der Zucker komplett aufgelöst hat. Die Bananen dazu geben und je nach Reife 1–2 Minuten garen, dabei einmal wenden; die Früchte nicht zu weich werden lassen. Die Nüsse unterrühren. Den Rum in ein kleines Glas, dann erst in die Pfanne geben – auf keinen Fall direkt aus der Flasche in die Pfanne gießen! Vorsichtig mit einem langen Streichholz entflammen. Beim Entzünden nicht über die Pfanne beugen! So lange warten, bis die Flamme von selbst erlischt, oder die Pfanne mit einem Deckel abdecken und so die Flamme ersticken. Das Eis in Scheiben oder Kugeln auf 4 Dessertteller verteilen. Dazu je 2 flambierte Bananenhälften mit der Karamellsoße und den Nüssen anrichten.

Brombeer-Joghurt-Mousse

(4 Portionen)   350 g Brombeeren   Joghurt (10 % Fett)
4 Blatt Gelatine (oder   100 g brauner Zucker   200 ml süße Sahne
5½ g Agar-Agar)   40 ml Orangenlikör   6 EL Sesam
1 unbehandelte Orange   300 ml griechischer   60 g Zucker

Die Gelatine in kaltem Wasser einweichen. Von der Orange die Schale fein abreiben und den Saft auspressen. Die Beeren abspülen, trocken tupfen und verlesen, einige zur Dekoration beiseite legen; den Rest mit braunem Zucker, Orangensaft, -schale und -likör in einem Rührbecher mit dem Stabmixer pürieren und durch ein Sieb streichen. In einer Schüssel die Hälfte des Pürees mit dem Joghurt glatt rühren. Die Gelatine ausdrücken, mit 6 Esslöffeln Joghurtmasse mischen, dann unter den übrigen Joghurt rühren und 10 Minuten kalt stellen. Die Sahne steif schlagen und unter das Joghurt heben, sobald dieses zu gelieren beginnt. Abwechselnd Beeren und Joghurtcreme in 4 Dessertgläser schichten. Mindestens 1 Stunde kalt stellen. Inzwischen den Sesam in einer beschichteten Pfanne trocken goldbraun rösten und auf einem Teller auskühlen lassen. Den Zucker in der Pfanne bei mittlerer Hitze schmelzen und goldbraun karamellisieren lassen. Den Sesam unterrühren und das Karamell in Streifen auf einem Bogen Backpapier abkühlen lassen. Zum Servieren alles mit den ganzen Brombeeren dekorieren.

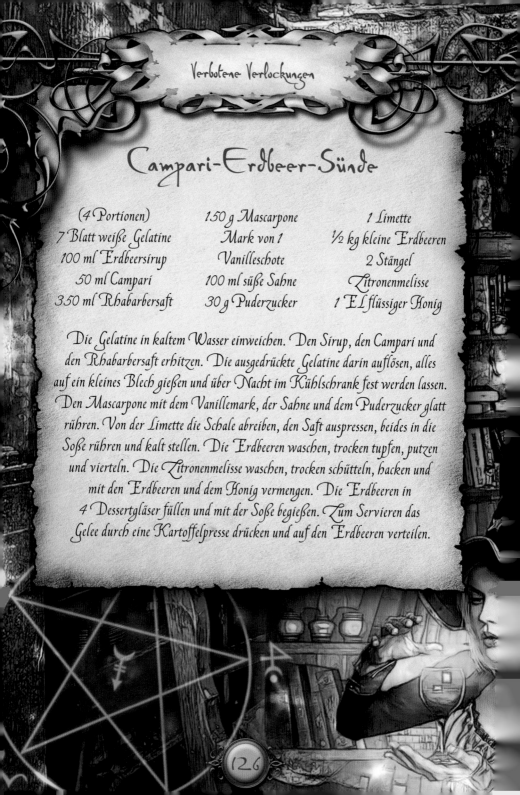

Campari-Erdbeer-Sünde

(4 Portionen)	150 g Mascarpone	1 Limette
7 Blatt weiße Gelatine	Mark von 1	½ kg kleine Erdbeeren
100 ml Erdbeersirup	Vanilleschote	2 Stängel
50 ml Campari	100 ml süße Sahne	Zitronenmelisse
350 ml Rhabarbersaft	30 g Puderzucker	1 EL flüssiger Honig

Die Gelatine in kaltem Wasser einweichen. Den Sirup, den Campari und den Rhabarbersaft erhitzen. Die ausgedrückte Gelatine darin auflösen, alles auf ein kleines Blech gießen und über Nacht im Kühlschrank fest werden lassen. Den Mascarpone mit dem Vanillemark, der Sahne und dem Puderzucker glatt rühren. Von der Limette die Schale abreiben, den Saft auspressen, beides in die Soße rühren und kalt stellen. Die Erdbeeren waschen, trocken tupfen, putzen und vierteln. Die Zitronenmelisse waschen, trocken schütteln, hacken und mit den Erdbeeren und dem Honig vermengen. Die Erdbeeren in 4 Dessertgläser füllen und mit der Soße begießen. Zum Servieren das Gelee durch eine Kartoffelpresse drücken und auf den Erdbeeren verteilen.

Espresso-Toffee-Törtchen

(4 Portionen)
2 EL Espressobohnen
175 g dunkle Schoko-Cookies
75 g flüssige Butter

200 g weiße Schokolade
100 g Magerquark
250 g Frischkäse (Doppelrahmstufe)
Mark von 1 Vanilleschote

100 g Zucker
150 ml süße Sahne
50 ml frisch gebrühter Espresso

4 Dessertringe auf ein mit Backpapier belegtes Brett setzen. Die Butter schmelzen. 1 gestrichenen Esslöffel Kaffeebohnen grob hacken oder kurz in die Kaffeemühle geben. Die Cookies in einen Gefrierbeutel geben, mit dem Nudelholz zerkrümeln, mit den Kaffeebohnen und der Butter mischen und gleichmäßig auf die Ringe verteilen. Den Keksboden mit einem Löffel festdrücken und kalt stellen. Für die Creme die Schokolade im heißen Wasserbad unter Rühren schmelzen. Den Quark, den Frischkäse und das Vanillemark hinein geben und glatt rühren. Die Creme auf den Böden glatt streichen und abgedeckt mindestens 4 Stunden kühl stellen. Für die Toffee-Soße den Zucker in einer nicht beschichteten Pfanne langsam goldbraun schmelzen. Die Sahne und den heißen Espresso dazu gießen und unter Rühren so lange kochen, bis eine sämige Soße entsteht. Gut abkühlen lassen. Den Rest der Espressobohnen grob hacken. Ein kleines Küchenmesser in kochend heißes Wasser tauchen und die Törtchen damit aus den Formen lösen. Auf Dessertteller geben, die Soße darüber gießen und mit den Espressobohnen dekorieren.

Zabaione „In Vino Veritas"

(4 Portionen)
100 g Äpfel
100 g Pflaumen oder
Zwetschgen
100 g Feigen
100 g feste Birnen

100 g Orangen
200 ml Rosé
2 EL brauner Zucker
½ TL Zimt
1 Prise Nelkenpulver
1 Prise Anispulver

Für die Zabaione:
3 Eigelb
60 g Zucker
1 EL Orangensaft
¼ l Weißwein

Für die hellseherische Weinfruchtmischung das Obst waschen, schälen, putzen und klein würfeln. Mit dem Rosé, dem braunen Zucker und den Gewürzen 5 Minuten köcheln, dann kühl stellen. Die Zabaione-Zutaten im Mixer pürieren. Wenn sie cremig werden, in 4 Dessertgläser füllen und mit dem Weinobst auffüllen.

Passionsfrüchtchen in Pannacotta

(4 Portionen)   400 ml Kokosmilch   2 EL Grenadine

1 Vanilleschote   50 g Zucker   1 TL Speisestärke

6 grüne Kardamom-   6 Blatt weiße Gelatine   1½ Babyananas

Kapseln   10 Passionsfrüchte   1–2 unbehandelte

25 g frischer Ingwer   (à 30 g)   Orangen

400 ml süße Sahne   100 ml Aprikosensaft   3 EL Puderzucker

Die Vanilleschote längs aufschneiden und das Mark herausschaben. Den Kardamom-Samen aus den Kapseln lösen und im Mörser fein zerstoßen. Den Ingwer schälen, fein reiben und mit der Sahne, dem Kardamom-Samen, Vanillemark und -schote in einem hohen Topf auf ¼ Liter Flüssigkeit einkochen lassen. Die Kokosmilch und den Zucker dazu geben und 5 Minuten köcheln. Die Gelatine in kaltem Wasser einweichen. Die Kokossahne absieben, die Gelatine gut ausdrücken und unter Rühren darin auflösen. Die Creme in 4 Dessertförmchen füllen und über Nacht kalt stellen. Die Passionsfrüchte halbieren und das Fruchtfleisch mit einem Teelöffel heraus lösen. Mit dem Saft und dem Grenadine mischen, aufkochen und 5 Minuten köcheln. Die Stärke mit etwas Wasser glatt rühren, die Fruchtsoße damit binden, durch ein feines Sieb passieren und gut ausdrücken. Einen kleinen Teil der Kerne in die Soße zurückgeben. Die Ananas schälen, putzen und in sehr dünne Scheiben schneiden. Von den Orangen mit dem Sparschäler möglichst lange Stücke Schale spiralförmig abschälen und längs in Streifen schneiden. Den Saft auspressen und 50 ml davon abmessen. Den Puderzucker in einer Pfanne schmelzen, die Schalen hinein geben und darin wenden, bis sie leicht dunkelorange werden. Mit dem Saft löschen und ganz einkochen lassen. Die lauwarmen Orangenschalen jeweils der Länge nach um einen Holzspieß wickeln und so 2–3 Stunden ruhen lassen. Die Ananasscheiben mit der Soße auf 4 Desserttellern anrichten. Die Pannacotta-Förmchen zum Stürzen kurz in heißes Wasser tauchen, dann den Rand mit einem kleinen Messer behutsam lösen. Zum Servieren mit den Orangenschleifen dekorieren.

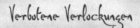
Eiskaltes Erdbeersüppchen mit Joghurtklößen

(4 Portionen)	150 g Crème fraîche	200 ml trockener Rosé
1 Vanilleschote	25 g Puderzucker	100 g Zucker
½ l Joghurt	750 g Erdbeeren	5 Stängel
	1 unbehandelte Zitrone	Zitronenmelisse

Die Vanilleschote längs aufschneiden und das Mark herausschaben, die Schote aufheben. Das Mark mit dem Joghurt, der Crème fraîche und dem Puderzucker mit dem Handmixer glatt rühren. Ein Sieb mit einem Mulltuch auslegen und über eine Schüssel hängen. Die Joghurtcreme hinein geben. Die Enden des Tuches darüber schlagen und die Creme im Kühlschrank 4 Stunden abtropfen lassen. Für das Süppchen die Erdbeeren waschen, trocken tupfen, putzen und etwa die Hälfte klein würfeln. Von der Zitrone die Schale fein abreiben, den Saft auspressen und in einem Topf mit dem Rosé, der Vanilleschote und dem Zucker aufkochen. Die zerkleinerten Erdbeeren hinein geben, erneut aufkochen und vom Herd nehmen. Die Erdbeermasse pürieren, durch ein Sieb streichen und abkühlen lassen. Die übrigen Erdbeeren in Scheiben schneiden. Die Melisse waschen, trocken schütteln und 30 Blättchen von den Stielen zupfen; einige zur Dekoration beiseitelegen. Den Rest in feine Streifen schneiden, mit den Erdbeerscheiben unter das Süppchen rühren und auf 4 Dessertschalen verteilen. Die Joghurtcreme aus dem Mulltuch nehmen. 2 Esslöffel in heißes Wasser tauchen, damit Nocken aus der Creme stechen und in die Suppe setzen. Mit Zitronenmelisse-Blättchen garniert servieren.

Sonnen-Erdbeer-Salat mit Kokoskuss

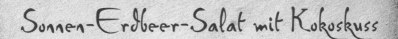

(4 Portionen)
4 Blatt Gelatine
2 unbehandelte Orangen
200 ml Kokosmilch
¼ l fettarme Milch

50 g Zucker
2 Päckchen
Vanillezucker
1 Päckchen
Vanillepuddingpulver

400 ml süße Sahne
½ kg Erdbeeren
1 EL Honig
20 g Kokosflocken

Die Gelatine in kaltem Wasser einweichen. Von 1 Orange die Schale abreiben und beide Orangen auspressen. Die Schale und die Hälfte des Safts mit der Kokosmilch, der Milch (bis auf 4 Esslöffel), dem Zucker und dem Vanillezucker aufkochen. Das Puddingpulver mit den 4 Esslöffeln Milch verrühren, zur Milchmischung geben, aufkochen und beiseite stellen. Die Gelatine ausdrücken, hinzufügen und abkühlen lassen; gelegentlich umrühren, damit sich keine Haut bildet. Die Sahne steif schlagen und unterheben. Die Creme in 4 Dessertförmchen (oder Tassen à 300 ml) füllen und kühl stellen. Die Erdbeeren waschen, trocken tupfen, putzen und in Scheiben schneiden. Mit dem Rest Orangensaft und dem Honig mischen. Zum Servieren die Förmchen kurz in heißes Wasser tauchen und vorsichtig auf Dessertteller stürzen. Zu den „Sonnentörtchen" die Creme mit dem Erdbeersalat anrichten und Kokosflocken darüber streuen.

Macadamia-Eis im Krähennest

(4 Portionen)
50 g Macadamia-Nüsse
(gesalzen)
150 g Zucker
½ TL Zitronensaft
¼ l Vanille-Eis

Das Salz von den Nüssen reiben, diese grob hacken, in einer beschichteten Pfanne trocken anrösten und abkühlen lassen. Den Zucker mit dem Zitronensaft und Wasser nach Bedarf in einer Pfanne schmelzen, goldbraun karamellisieren (möglichst wenig rühren!) und etwas abkühlen lassen. Die Pfanne vorsichtig hin und her bewegen. Sobald das Karamell an der Oberfläche Wellen schlägt, einen Holzspieß hineintauchen und nacheinander mehrere Fäden kreisrund (Durchmesser etwa 10 cm) auf einen Bogen Backpapier setzen. Auf diese Weise 4 filigrane „Nester" formen, abkühlen lassen und in 4 Dessertschalen legen. Aus dem Eis 4 Kugeln formen, in den Nüssen wälzen und auf die Karamellnester setzen. Einfacher ist es, für die Nester das flüssige, leicht abgekühlte Karamell mit einem Esslöffel streifenweise auf einen Bogen Backpapier zu ziehen.

Verfluchte Sanddorn-Mousse

(4 Portionen)
1 kg Sanddornbeeren
Mark von 1 Vanilleschote
150 ml Agavensaft

2 EL Orangensaft
4 Blatt weiße Gelatine
1 Limette
250 g Quark

175 ml Sanddornsoße
50 g Zucker
2 EL Orangenlikör
¼ l süße Sahne

Die Sanddornbeeren von den Zweigen in ein Sieb streifen, gründlich abspülen, mit reichlich Wasser in einem Topf aufkochen und durch ein Sieb gießen. Gut abtropfen lassen, dann die Beeren durch das Sieb streichen. Das Sanddornpüree mit dem Vanillemark und dem Agavensaft verrühren und abkühlen lassen. Ist die Soße zu dick, mit etwas Orangensaft verdünnen. Die Soße ist im Kühlschrank etwa 3 Tage haltbar, kann aber gut eingefroren werden. Die Gelatine in kaltem Wasser einweichen. Von der Limette etwas Schale abreiben und den Saft auspressen. Den Quark mit 125 ml von der Sanddornsoße, dem Zucker, dem Orangenlikör (oder -saft) und 2 Teelöffeln von der Limettenschale verrühren. 2 Esslöffel Limettensaft erwärmen, die Gelatine tropfnass darin auflösen und etwas Quarkcreme unterrühren. Dann diese Mischung unter die gesamte restliche Quarkcreme rühren und 10–20 Minuten kalt stellen, bis die Creme zu gelieren beginnt. Inzwischen die Sahne steif schlagen und in mehreren Portionen behutsam unter die Quarkcreme heben. Die Mousse auf 4 Gläser oder Dessertschalen verteilen und mindestens 2 Stunden kalt stellen. Zum Anrichten jeweils etwas vom Rest Sanddornsoße auf die Mousse geben.

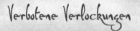

Schoko-Oliven-Eiskonfekt

(4 Portionen)	100 g Zucker	Schokolade
75 g eingelegte Oliven	4 Eigelb	(85 % Kakao)
mit Stein	200 ml Sojasahne	75 ml Olivenöl
100 g weiße Schokolade	400 g sehr dunkle	1 TL Fenchelsamen

Den Ofen auf 180°C vorheizen. Die Oliven entsteinen, trocken tupfen und auf einem Blech mit Backpapier verteilen. Im Ofen auf der untersten Schiene 20 Minuten antrocknen lassen, abkühlen und sehr fein würfeln. Die weiße Schokolade raspeln. Den Zucker mit 150 ml Wasser sirupartig einkochen. Die 4 Eigelb in einem Topf mit dem Handrührgerät schaumig schlagen, langsam den heißen Sirup hinein gießen und kräftig unterschlagen. Die geraspelte Schokolade hinzu fügen und unter Rühren schmelzen. Dann die Masse in eine Schüssel geben und im kalten Wasserbad schlagen, bis sie ganz abgekühlt ist. Die Sahne steif schlagen und mit den Oliven vorsichtig unter die Schokocreme heben. Die kalte Masse etwa 2 cm hoch in eine mit Klarsichtfolie ausgelegte Form (am besten zusätzlich in eine Eiswürfelform) streichen und mindestens 1 Stunde gefrieren lassen. Das Eis aus der Form nehmen, nach Bedarf in Würfel teilen und wieder einfrieren. Die dunkle Schokolade hacken und zwei Drittel davon in einer Schale im heißen Wasserbad schmelzen, den Rest in der geschmolzen Masse auflösen und das Olivenöl unterrühren. Die Eisstücke auf eine Gabel stecken, in die Schokolade tauchen und auf einem Gitter abtropfen lassen. Jede Praline sofort mit 1 Fenchelsamen garnieren und auf Backpapier oder Alufolie wieder einfrieren. 10 Minuten vor dem Servieren die Eispralinen zum Antauen in den Kühlschrank stellen. Als ideales Festtagsdessert lassen sich die Pralinen bereits einige Tage zuvor herstellen und einfrieren.

Pralinen-Parfait auf Marzipanbiskuit

(4 Portionen)
75 g Zartbitterschokolade
150 ml süße Sahne
2 EL Bourbon-
Vanillezucker
80 g Marzipan-
Rohmasse

2 TL Puderzucker
2 Eier, 2 Eigelb
1 Prise Salz
75 g weiche Butter
185 g Zucker
40 g Mehl
1 Messerspitze

Backpulver
1 EL Mandellikör
oder -sirup
2 Maracujas
Chilifäden,
Zitronenmelisse nach
Belieben

Die Schokolade in Stücke brechen. Mit der Sahne und dem Vanillezucker unter Rühren in einem kleinen Topf schmelzen, in einen hohen Rührbecher und mit Folie bedeckt 3 Stunden kalt stellen. Eine Springform mit Backpapier auslegen. Das Marzipan und den Puderzucker glatt kneten. Auf einem aufgeschnittenen Gefrierbeutel in Formgröße dünn ausrollen und abgedeckt ins Gefrierfach legen. Die 2 Eier trennen. 1 Eiweiß mit 1 Prise Salz sehr steif schlagen. Die Butter und 135 g Zucker cremig rühren und nach und nach die 4 Eigelb unterrühren. Das Mehl und das Backpulver mischen und unterrühren. Den Eischnee vorsichtig unterheben. Den Backofengrill auf höchste Stufe vorheizen. Die Hälfte des Teigs auf dem Springformboden gleichmäßig verstreichen. Die Form etwa 20 cm unter dem Grill in den Ofen schieben, 2-3 Minuten goldbraun backen, heraus nehmen und abkühlen lassen. Die gekühlte Marzipanplatte, dann den Rest Teig darauf verteilen. Die Form wieder 2-3 Minuten in den Ofen schieben, dann auskühlen lassen. Die kühle Schoko-Sahne mit dem Mixer aufschlagen. Den Teigboden mit dem Likör beträufeln. 4 Kreise (Durchmesser etwa 7 cm) davon ausstechen. Die Schokocreme darauf streichen und im Gefrierfach ½ Stunde anfrieren lassen. Den Rest Zucker mit 2 Esslöffeln Wasser in einem Topf hell karamellisieren (nicht rühren) und vom Herd ziehen. Die Maracujas halbieren, das Innere ausschaben, mit 2 Esslöffeln Wasser zum Karamell geben und unter Rühren sirupartig einkochen. Die Parfait-Törtchen mit dem warmen Maracujasirup, Chili und Zitronenmelisse auf 4 Desserttellern anrichten.

Pflaumen-Marzipan–Ravioli

(4 Portionen)
200 g Mehl
1 Prise Salz
150 g Backpflaumen
ohne Stein

1 EL Aprikosenkonfitüre
50 g Marzipan-
Rohmasse
4 EL gehackte Pistazien
1 Eiweiß
4 EL Puderzucker

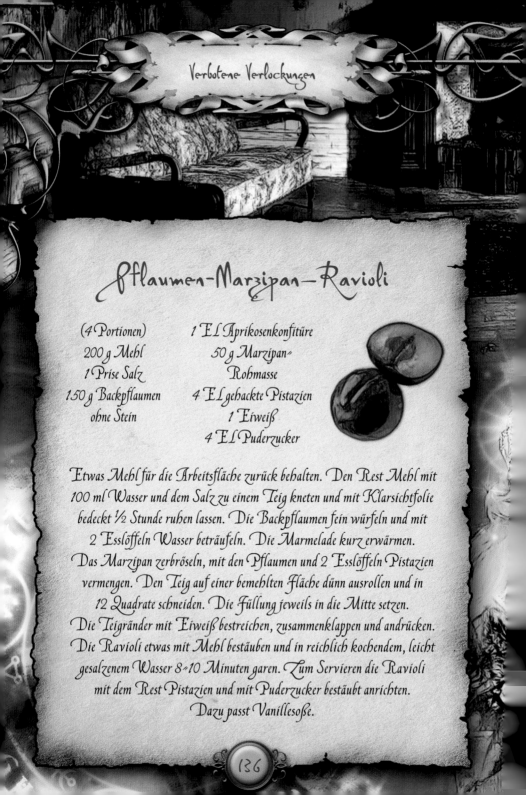

Etwas Mehl für die Arbeitsfläche zurück behalten. Den Rest Mehl mit
100 ml Wasser und dem Salz zu einem Teig kneten und mit Klarsichtfolie
bedeckt ½ Stunde ruhen lassen. Die Backpflaumen fein würfeln und mit
2 Esslöffeln Wasser beträufeln. Die Marmelade kurz erwärmen.
Das Marzipan zerbröseln, mit den Pflaumen und 2 Esslöffeln Pistazien
vermengen. Den Teig auf einer bemehlten Fläche dünn ausrollen und in
12 Quadrate schneiden. Die Füllung jeweils in die Mitte setzen.
Die Teigränder mit Eiweiß bestreichen, zusammenklappen und andrücken.
Die Ravioli etwas mit Mehl bestäuben und in reichlich kochendem, leicht
gesalzenem Wasser 8–10 Minuten garen. Zum Servieren die Ravioli
mit dem Rest Pistazien und mit Puderzucker bestäubt anrichten.
Dazu passt Vanillesoße.

Marinierter Orangensalat mit Marsalaschaum

(4 Portionen)
5 unbehandelte Orangen
40 ml Orangenlikör
30 ml Grenadine

3 Kardamom-Kapseln
1 Granatapfel
4 Eigelb
2 Päckchen Bourbon-Vanillezucker

1-2 EL Puderzucker
120 ml Marsalawein
30 g Amarettini
4 Blätter frische Minze

1 Orange gründlich waschen, trocknen und die Schale abreiben. Die übrigen Orangen dick abschälen, die weiße Haut entfernen und Filets aus den Trennhäuten lösen. Diese mit der Schale, dem Likör und Grenadine verrühren. Aus den Kardamom-Kapseln die Samen lösen, im Mörser grob zerstoßen und zur Marinade geben. Den Granatapfel halbieren, die weiße Haut entfernen, die Kerne vorsichtig herauslösen, zur Marinade geben und 10 Minuten ziehen lassen. Die 4 Eigelb, Vanille- und Puderzucker sowie den Marsala in eine Metallschüssel geben und im heißen Wasserbad schaumig schlagen. Die marinierten Orangenfilets und Granatapfelkerne auf 4 tiefe Teller verteilen, mit warmem Marsalaschaum, grob zerbröselten Amarettini und Minzeblättchen anrichten.

Espresso-Becher

(4 Portionen)
4 EL Kaffeelikör
2 EL lösliches
Espressopulver
80 g Puderzucker

250 g Mascarpone
250 g Magerquark
3 Tropfen Buttervanille-
Aroma
4 EL Orangensaft
200 g Himbeerkonfitüre

300 g aufgetaute
TK-Himbeeren
16 aufgetaut
Miniwindbeutel mit
Sahnecreme

Den Likör erwärmen, mit dem Espressopulver und dem Puderzucker verrühren. 4 Teelöffel davon zurück stellen. Den Mascarpone, den Quark, das
Aroma, 2 Esslöffel Orangensaft und die Espressomischung verrühren. Die
Konfitüre mit dem Rest Orangensaft vermengen und die Himbeeren vorsichtig
hinein geben. Kurz vor dem Servieren zwei Drittel der Himbeeren, 12 Windbeutel und zwei Drittel der Creme auf 4 Dessertgläser verteilen. Die übrigen
Himbeeren und Creme darauf schichten. Darauf achten, dass der Glasrand sauber
bleibt, damit die Schichtung im Glas sichtbar ist. Die restlichen 4 Windbeutel
halbieren, auf die Creme setzen und die Gläser mit der zurück behaltenen Espressomischung beträufeln.

Mangospalten in Chili-Kokos-Kruste

(4 Portionen)	10 g frischer Ingwer	100 g Magerquark
1 rote Chilischote	3 EL heller	2 EL Sauerrahm
1 Limette	Zuckerrübensirup	1 EL Puderzucker
40 g Kokosraspeln	2 Passionsfrüchte	2 reife Mangos

Die Chili entkernen und sehr fein hacken. Die Limette waschen, trocken reiben, etwa 1 Teelöffel Schale abreiben und 2 Esslöffel Saft auspressen. Die Kokosraspeln in einer Pfanne hellbraun rösten, mit Chili und Limettenschale vermengen und abkühlen lassen. Den Ingwer schälen, fein reiben, mit dem Sirup und dem Limettensaft glatt rühren. Die Passionsfrüchte halbieren, die Kerne und den Saft aus den Schalen löffeln, mit dem Quark und dem Rahm verrühren und mit Puderzucker abschmecken. Die Mangos schälen, das Fruchtfleisch in breiten Spalten vom Stein schneiden, in der Chili-Kokos-Mischung wenden und mit dem Sirup und dem Passionsfruchtquark anrichten.

Heißkalte Schoko-Mint-Magie

(4 Portionen)	16 Schoko-Minz-Tafeln	160 ml Brandy
800 ml Milch	80 ml Zuckersirup	200 ml Minz-Eis

Etwa drei Viertel der Milch langsam erhitzen. Die Minztafeln, den Zuckersirup und den Brandy dazu geben und vom Feuer nehmen. Den Rest Milch mit einem Pürierstab kurz schaumig schlagen. Das heiße Getränk in Gläser umfüllen und die aufgeschäumte Milch darauf verteilen. Pro Glas 1 große Kugel Minz-Eis einfüllen und sofort servieren.

Weintrauben-Tarte mit Vanille-Quark-Creme

(4 Stück)
1 Platte TK-
Blätterteig
Mehl zum Bestäuben
1 Eigelb
1 Blatt weiße Gelatine

1 unbehandelte Zitrone
Mark von ½
Vanilleschote
120 g Magerquark
50 ml fettarmer Joghurt
2 EL Honig

150 g grüne und blaue
kernlose Weintrauben
1 EL
Aprikosenkonfitüre

Den Ofen auf 200°C vorheizen. Den Teig auftauen und auf einer leicht bemehlten Arbeitsfläche ausrollen. Eine Tarte- oder flache Steingutform mit kaltem Wasser ausspülen. Den Teig hinein legen und überstehende Ränder abschneiden. Den Boden mit einer Gabel mehrmals einstechen. Das Eigelb mit 1 Esslöffel Wasser verquirlen, den Boden damit bestreichen und 20 Minuten im Ofen backen. Abkühlen lassen und auf eine Platte geben. Die Gelatine in kaltem Wasser einweichen. Von der Zitrone ½ Teelöffel Schale abreiben und den Saft auspressen. Die Schale mit 1 Esslöffel Saft, dem Vanillemark, Quark, Joghurt und Honig verrühren, die Gelatine tropfnass unterrühren. Die Creme abschmecken, auf dem Teigboden verteilen und mit den gewaschenen, getrockneten Trauben bestücken. Die Konfitüre mit 2 Esslöffeln Wasser erhitzen und darüber streichen. Die Tarte abkühlen lassen, in Stücke teilen und auf Tellern servieren.

Aprikosen-Crème-Brulée

(4 Portionen)
1 Vanilleschote
½ l süße Sahne
5 Eigelb

4 EL Zucker
1 EL Aprikosenlikör
70 g weiche
Trockenaprikosen
80 g brauner Zucker

Die Vanilleschote längs durchschneiden und in einem Topf mit der Sahne langsam erhitzen. 3 Minuten köcheln, vom Herd nehmen und 1 Stunde ziehen lassen. Die 5 Eigelb und den Zucker in einer Schüssel gut mischen und in die Vanillesahne zu einer dicken Creme rühren. Die Schote entfernen, den Likör unterrühren und den Backofen auf 140°C vorheizen. Die Aprikosen würfeln, unter die Creme rühren und auf 4 ofenfeste Förmchen verteilen. Diese in eine 2 cm hoch mit Wasser gefüllte Auflaufform stellen und 70–80 Minuten auf der zweituntersten Schiene garen. Die Förmchen aus der Auflaufform nehmen und vollständig abkühlen lassen. Danach 4 Stunden in den Kühlschrank stellen. Vor dem Servieren den Ofengrill auf höchste Stufe stellen, die Förmchen auf einem Backblech dünn mit Zucker bestreuen und unter dem Grill kurz karamellisieren lassen.

Ananas-Kompott
mit Mango und Vanille-Eis

(4 Portionen)
1 Ananas
2 Mangos
75 g Zucker

3 EL Rum
100 ml Orangensaft
1–2 EL Speisestärke
1 l Vanille-Eis
4 TL Krokant

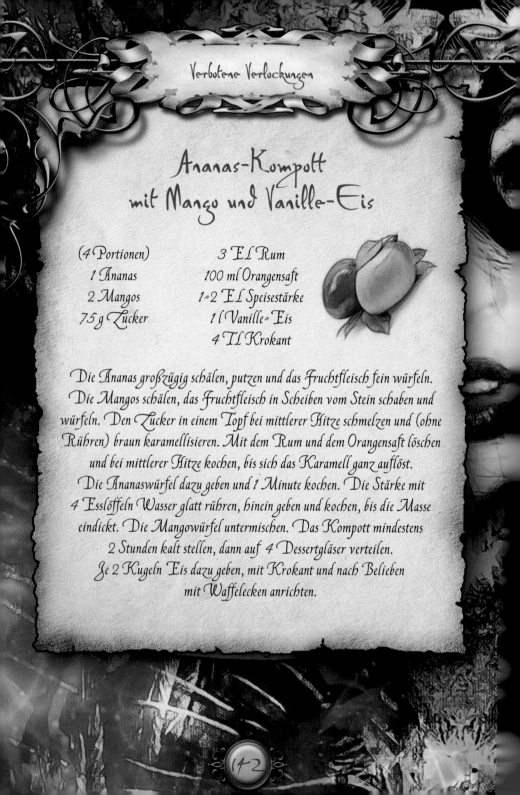

Die Ananas großzügig schälen, putzen und das Fruchtfleisch fein würfeln. Die Mangos schälen, das Fruchtfleisch in Scheiben vom Stein schaben und würfeln. Den Zucker in einem Topf bei mittlerer Hitze schmelzen und (ohne Rühren) braun karamellisieren. Mit dem Rum und dem Orangensaft löschen und bei mittlerer Hitze kochen, bis sich das Karamell ganz auflöst. Die Ananaswürfel dazu geben und 1 Minute kochen. Die Stärke mit 4 Esslöffeln Wasser glatt rühren, hinein geben und kochen, bis die Masse eindickt. Die Mangowürfel untermischen. Das Kompott mindestens 2 Stunden kalt stellen, dann auf 4 Dessertgläser verteilen. Je 2 Kugeln Eis dazu geben, mit Krokant und nach Belieben mit Waffelecken anrichten.

Flambierte Crêpes mit Karamell-Mandarinen

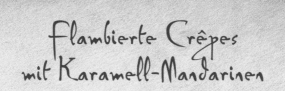

(4 Portionen)	1 Prise Salz	3 EL Zucker
5 Mandarinen	1 Packung Bourbon-	75 g Macadamia-Nüsse
75 g Butter	Vanillezucker	2 EL Öl
2 Eier	1 Prise Nelkenpulver	8 EL Grand-Marnier
150 ml Milch	100 g Mehl	

1 Mandarine auspressen, 50 g Butter schmelzen. Die Eier, die Milch, Salz, Vanillezucker und Nelken mischen. Das Mehl löffelweise dazu geben. Den Mandarinensaft und die Butter unterrühren. Den Teig ½ Stunde quellen lassen. Den Zucker in einer Pfanne schmelzen, die Nüsse dazu geben, alles auf eine geölte Alufolie gießen und fest werden lassen. Den Rest Mandarinen schälen und in Scheiben schneiden. Den Rest Butter portionsweise in einer flachen Pfanne erhitzen und aus dem Teig nach und nach ca. 12 dünne Crêpes backen. Die Crêpes mit den Mandarinenscheiben belegen, zusammenfalten, nebeneinander in eine feuerfeste Form legen und die Karamellnüsse darüber verteilen. Den Grand-Marnier in einem Topf erwärmen, über die Crêpes gießen, flambieren und sofort servieren.

Kokos-Tiramisu mit Mango und Ananas

(4 Portionen)	Vanillepuddingpulver	1 Mango
1 Baby-Ananas	6 EL klarer	250 g Mascarpone
(ca. 350 g)	Kokoslikör	450 ml Kokosjoghurt
400 ml Orangensaft	(z. B. Malibu)	60 g Orangenkekse
2 EL	1 unbehandelte Limette	

Die Ananas schälen, putzen, vierteln und in Spalten schneiden. Den Orangensaft
aufkochen. Das Puddingpulver mit 3 Esslöffeln Likör verrühren, in den Saft
geben, 1 Minute kochen und die Ananas hinzu fügen. Das Ananaskompott in eine
Schale füllen. Von der Limette die Schale abreiben und den Saft auspressen.
Die Mango schälen, das Fruchtfleisch vom Stein schaben, würfeln, mit der
Limettenschale zum Kompott geben und abkühlen lassen. Den Mascarpone, den
Joghurt, den Limettensaft und den Rest Likör verrühren. Vor dem Servieren im
Wechsel die Creme, 50 g grob zerbröckelte Kekse und das Kompott in
4 Dessertgläser schichten. Mit Kompott abschließen, 1 Stunde kalt stellen
und mit dem Rest halbierten Keksen dekorieren.

Marzipan-Soufflé

(4 Portionen)	25 g Butter	Schokolade
Öl zum Fetten	200 ml Milch	125 ml süße Sahne
50 g Zucker	25 g gemahlene Mandeln	Mark von ½
2 Eier	2 EL Amaretto	Vanilleschote
30 g Marzipan-Rohmasse	60 g Amarena-Kirschen (Glas)	2 TL Honig
25 g Mehl	1 Prise Salz	1 EL Puderzucker
	100 g Zartbitter-	4 Kugeln Vanille-Eis

4 Soufflé-Förmchen (oder Tassen) fetten, mit wenig Zucker ausstreuen und kalt stellen. Die Eier trennen, 1 Eiweiß zurück behalten. Den Ofen auf 200°C vorheizen. Das Marzipan zerbröseln und mit 1 Eiweiß glatt rühren. Das Mehl und die Butter gut verkneten. Die Milch aufkochen und die Mehlbutter in nussgroßen Stücken hinein rühren, zu einer dicken Masse kochen und vom Herd nehmen. Die 2 Eigelb nacheinander gut unterrühren und alles in eine Schüssel füllen. Die Marzipan-Mischung, die Mandeln, und den Amaretto unterrühren und abkühlen lassen. Die Kirschen gut abtropfen. Das übrige Eiweiß mit 1 Prise Salz steif schlagen, 40 g Zucker dazu geben und schlagen, bis er sich auflöst, dann unter die Marzipanmasse heben. Etwas Masse auf die gefetteten Förmchen verteilen, die Kirschen darauf setzen und den Rest hinein füllen. Eine Auflaufform 2-3 cm hoch mit heißem Wasser füllen, die Förmchen hinein setzen und 25-30 Minuten Ofen auf der zweituntersten Schiene backen. Die Schokolade hacken. Die Sahne mit Vanillemark und Honig aufkochen, die Schokolade dazu geben und bei ausgeschalteter Platte auflösen. Aus den Förmchen die Soufflés lösen, mit etwas Soße garnieren, mit Puderzucker bestäuben und mit dem Eis und dem Rest Soße servieren.

Möhren-Halwa

(6 Portionen)
½ kg Möhren
6 EL Öl
2 EL Grieß
2 EL gehobelte
Mandeln

300 ml Milch
40 g Zucker
50 g Rosinen
1 Messerspitze
Kardamompulver
1 EL gehackte
Pistazienkerne

Die Möhren waschen, trocknen, putzen, raspeln, in 3 Esslöffeln Öl in einer Pfanne erhitzen und unter ständigem Rühren 10 Minuten schmoren. In einer zweiten Pfanne den Rest Öl erhitzen, den Grieß mit den Mandeln leicht anrösten und beiseite stellen. Die Milch mit dem Zucker, den Rosinen und dem Kardamom aufkochen. Die Möhren und den Mandelgrieß hinein geben und 10 Minuten unter Rühren köcheln. Eine Auflaufform mit Backpapier auslegen und die Masse 1½ cm dick hinein streichen. Mit einem zweiten Backpapierstreifen glatt drücken und mindestens 3 Stunden kalt stellen. In Rauten schneiden und mit Pistazien bestreut servieren.

Kiwi-Riesling-Götterspeise

(4 Portionen)
7 Blatt weiße Gelatine
400 g Kiwis
400 ml trockener
Riesling-Sekt
100 ml Waldmeistersirup

100 g Zucker
¼ l Milch
150 ml süße Sahne
Mark von 1 Vanilleschote
10 g Speisestärke
3 Eigelb

Die Gelatine in kaltem Wasser einweichen. Die Kiwis schälen und fein würfeln. Den Sekt mit dem Sirup und 50 g Zucker aufkochen. Die Kiwis 20 Sekunden im Sud kochen, absieben und kalt abschrecken. Die Gelatine ausdrücken und im Sud auflösen. Die Kiwis auf 4 Förmchen verteilen, mit dem Sud auffüllen und zugedeckt mindestens 6 Stunden kalt stellen. Die Milch, die Sahne, den Rest Zucker und das Vanillemark verrühren. Die Stärke mit den 3 Eigelb glatt rühren und unter die Milch-Sahne heben. Die Soße bei mittlerer Hitze mit einem Schneebesen cremig schlagen (nicht kochen!), dann kalt stellen. Die Förmchen vor dem Servieren in heißes Wasser tauchen. Die Ränder mit einem Messer leicht lösen. Auf Teller stürzen und mit der kalten Vanillesoße servieren.

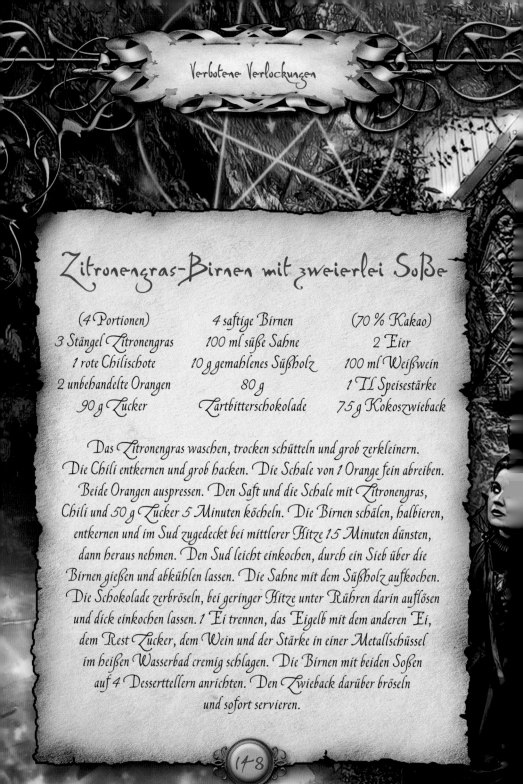

Zitronengras-Birnen mit zweierlei Soße

(4 Portionen)	4 saftige Birnen	(70 % Kakao)
3 Stängel Zitronengras	100 ml süße Sahne	2 Eier
1 rote Chilischote	10 g gemahlenes Süßholz	100 ml Weißwein
2 unbehandelte Orangen	80 g	1 Tl Speisestärke
90 g Zucker	Zartbitterschokolade	75 g Kokoszwieback

Das Zitronengras waschen, trocken schütteln und grob zerkleinern.
Die Chili entkernen und grob hacken. Die Schale von 1 Orange fein abreiben.
Beide Orangen auspressen. Den Saft und die Schale mit Zitronengras,
Chili und 50 g Zucker 5 Minuten köcheln. Die Birnen schälen, halbieren,
entkernen und im Sud zugedeckt bei mittlerer Hitze 15 Minuten dünsten,
dann heraus nehmen. Den Sud leicht einkochen, durch ein Sieb über die
Birnen gießen und abkühlen lassen. Die Sahne mit dem Süßholz aufkochen.
Die Schokolade zerbröseln, bei geringer Hitze unter Rühren darin auflösen
und dick einkochen lassen. 1 Ei trennen, das Eigelb mit dem anderen Ei,
dem Rest Zucker, dem Wein und der Stärke in einer Metallschüssel
im heißen Wasserbad cremig schlagen. Die Birnen mit beiden Soßen
auf 4 Dessertellern anrichten. Den Zwieback darüber bröseln
und sofort servieren.

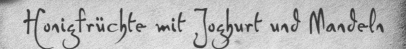

Honigfrüchte mit Joghurt und Mandeln

(4 Portionen)
3 frische Feigen
1 Vanilleschote
200 ml flüssiger Honig
300 ml frisch gepresster
Orangensaft

6 EL Crème de Cassis
(Likör)
40 g Mandeln
30 g Pistazienkerne
4 Minzblätter

100 g Brombeeren
600 ml griechischer
Joghurt
2 EL Orangenblüten-
wasser

Die Feigen waschen und trocken tupfen. Die Vanilleschote halbieren, eine halbe Vanilleschote aufschlitzen und das Mark heraus kratzen, die andere Hälfte mit dem Mark, dem Honig, dem Saft und dem Likör aufkochen. Die Feigen ganz hinein geben, abgedeckt 5 Minuten köcheln, dabei den Topf ab und zu schwenken, so dass die Feigen rundum von der Flüssigkeit überzogen werden. Dann die Früchte heraus nehmen und die Flüssigkeit sirupartig offen einkochen lassen. Die Feigen halbieren, mit der Schnittfläche in den Sirup legen und auskühlen lassen. Die Mandeln in der Pfanne trocken rösten. Die Pistazien und die Minze grob hacken. Mit den gewaschenen, getrockneten, geputzten Brombeeren unter den Feigensirup mischen. Die restliche Vanilleschote auskratzen. Das Mark mit dem Joghurt verrühren, mit Orangenblütenwasser würzen, gut kühlen und alles mit den Früchten in 4 Dessertgläsern servieren.

Verschleiertes Bauernmädchen

(4 Portionen)
200 ml naturtrüber Apfelsaft
Mark von 1 Vanilleschote
80 g Zucker
2 EL Zitronensaft

1 Zimtstange
800 g Äpfel
2 EL Speisestärke
4 EL Calvados
125 g Pumpernickel
40 g Zwieback
20 g Mandelblättchen

40 g Rosinen
1 Packung Vanillezucker
20 g Butter
½ kg Quark
1 TL Zimt

Den Apfelsaft mit dem Vanillemark, 40 g Zucker, dem Zitronensaft und der Zimtstange aufkochen. Die Äpfel schälen, entkernen, 1 x 1 cm groß würfeln und 1 Minute im Saft köcheln. Die Stärke mit dem Calvados glatt rühren, unter das Apfelkompott mischen, aufkochen und abkühlen lassen. Das Brot fein würfeln und den Zwieback mit den Mandelblättchen fein zerstoßen. Alles mit den Rosinen, dem Vanillezucker und der Butter knusprig rösten, dann vollständig erkalten lassen. Den Quark mit dem Rest Zucker verrühren, im Wechsel mit dem Brot und dem Kompott in 4 Gläser schichten und gut kühlen. Mit Zimt bestäuben und servieren.

Schokowaffeln mit Kirschen

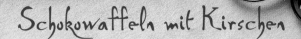

(4 Personen)
75 g Mascarpone
1 Päckchen Vanillezucker
50 g Zucker
abgeriebene Schale von ½
Zitrone

150 ml süße Sahne
1 TL Backpulver
50 g Mehl
1 Prise Salz
20 g Kakaopulver
2 Eier

50 g Butter
2 EL Kirschwasser
1 Glas Kirschen in Sirup
Schokoladenhobel

Den Mascarpone mit dem Vanillezucker, 10 g Zucker und der Zitronenschale cremig rühren. 100 ml Sahne steif schlagen, unter die Creme heben und kalt stellen. Das Backpulver mit dem Mehl, 1 Prise Salz und dem Kakao mischen. Die Eier trennen und die 2 Eiweiß steif schlagen. Die Butter und mit dem Rest Zucker im Mixer cremig schlagen, die 2 Eigelb, dann die Mehlmischung, den Rest Sahne und das Kirschwasser abwechselnd unterrühren. Zum Schluss den Eischnee vorsichtig unterheben. Aus dem Teig im vorgeheizten Waffeleisen Waffeln backen, auf einem Gitter abkühlen lassen und in einzelne Herzen zerteilen. Auf jedes Herz etwas Mascarponecreme mit je 1–2 Kirschen und Sirup geben. Mit Schokoladenhobeln bestreuen und sofort servieren.

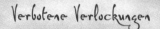
Chili-Brownies

(1 Gebäckportion)
110 g Kuvertüre
zartbitter
50 g Walnusskerne
2 Eier
130 g Zucker

1 Prise Salz
½ TL getrocknete
Chiliflocken
90 ml Öl
Mark von ½
Vanilleschote

45 g Mehl
15 g Kakaopulver
50 g Schokoladenraspeln
1 TL Puderzucker

Den Ofen vorheizen auf 180°C. Die Kuvertüre zerkleinern und im heißen Wasserbad zerlassen. Die Nüsse hacken. Die Eier mit dem Zucker und etwas Salz cremig rühren. Die Chiliflocken fein zerstoßen, mit Öl und Vanillemark nach und nach vermengen. Die Kuvertüre hinein geben, das Mehl und den Kakao unterrühren. Die Nüsse und die Schokoraspeln unterheben. Den Teig auf ein mit Backpapier ausgelegtes Blech streichen und mit Pappe oder Alufolie abgrenzen, um ein Auslaufen zu verhindern. Auf der zweituntersten Schiene im Ofen ½ Stunde backen; der Teig soll innen noch saftig sein. Dann abkühlen lassen, mit Puderzucker bestäuben, in Rechtecke teilen und servieren.

Schoko-Karamell-Traum

(mind. 4 Portionen)
110 g Kuvertüre zartbitter
120 g Mehl
3–4 Messerspitzen
Backpulver
150 g Butter

30 g Zucker
60 g brauner Zucker
1 EL Honig
90 ml Kondensmilch
40 g Walnusskerne
40 g Haselnusskerne

Den Ofen auf 170°C vorheizen. Ein halbes Blech mit Backpapier auslegen und mit Pappe oder gefalteter Alufolie abgrenzen. 80 g Kuvertüre hacken und im heißen Wasserbad zerlassen. Das Mehl, das Backpulver und 80 g Butter krümelig mischen, mit dem weißem Zucker und der Kuvertüre zu einem Teig kneten, auf das Blech geben und die Oberfläche mit einer Gabel einstechen. Auf der zweituntersten Schiene 18 Minuten backen. Den Rest Butter, den braunen Zucker, den Honig und die Kondensmilch schmelzen und 15 Minuten köcheln. Die Nüsse trocken rösten, unter die Zuckermasse rühren und sofort auf den Teig geben. Über Nacht in den Kühlschrank stellen. Die Kekse in 3 x 5 cm große Streifen schneiden. Den Rest Kuvertüre grob hacken, im heißen Wasserbad schmelzen, mit einem Löffel über die Kekse tropfen und fest werden lassen.

Magisches Gebräu

Was riecht hier gar so übel, schwer
nach Pestilenz und faulem Schleim?
Appetit hab' ich nun nicht mehr,
gern würd ich jetzt woanders sein!

Nur spärlich wird der Raum erhellt,
man hört es dampfend, zischend brodeln.
Ein Krächzen sich dazu gesellt,
ich hoff', man wird mich hier verschonen.

Die Furcht sagt's mir, weil sie's schon weiß.
Dem Verstand ist's nicht geheuer.
Der Hexenkessel glühend heiß
brodelt auf dem Höllenfeuer!

(Opferliturgie der gefallenen Hugenotten)

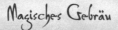
Reinigungstee

(4 Tassen)
1 TL Anis
1 TL Lavendel

1 Lorbeerblatt
1 TL Kamillenblüten
1 TL Pfefferminze

1 TL Fenchel
1 TL Thymian
1 TL Zitronensaft

Alle Zutaten in eine Kanne geben, mit 1 Liter heißem Wasser überbrühen und 15 Minuten ziehen lassen.

Orangentee

(4 Gläser)
1 unbehandelte Orange
30 g Orangeat

2 TL Fenchelsamen
2 Lorbeerblätter
1 Rosmarinzweig

1 EL loser Earl Grey
Zucker nach
Geschmack

Von der Orange die Schale ohne weiße Haut dünn abschälen. 4 kleine Schalenspiralen beiseitelegen. Das Orangeat fein hacken, Fenchel und Lorbeer im Mörser zerstoßen. Den Rosmarin kalt abspülen und trocken schütteln. Alle Zutaten mit dem Earl Grey in eine vorgewärmte Teekanne geben. ½ Liter Wasser aufkochen, über die Teemischung brühen und mindestens 4 Minuten ziehen lassen. Zucker nach Geschmack und die Schalenstücke in 4 Teegläser geben. Den Tee durch ein Sieb in die Gläser füllen.

Tipp: Den Tee nach Geschmack mit aufgeschäumter Milch servieren.

Pfefferminz-Apfel-Tee

| (2 Liter) | 1 l Apfelsaft (naturtrüb) | 10 Minzblätter nach |
| 1 l Pfefferminztee | 1 Limette nach Wunsch | Wunsch |

Den Pfefferminztee zubereiten, abkühlen lassen und kühl stellen, am Folgetag mit dem Apfelsaft mischen und eventuell mit etwas Wasser verdünnen. Die Kombination wirkt erfrischend (mit Eiswürfeln), kann mit Honig natürlich gesüßt oder mit Limettensaft zur Vitamin-C-Spritze ausgebaut werden: nach dem Motto „Fit für den Tag" oder „Sauer macht Lustig"!

Fruchtiger Gewürztee

(4 Gläser)	Aprikosenwürfel	1 TL Kümmel
1 Apfel	40 g getrocknete	1 Zimtstange
2 Mandarinen	Sauerkirschen	brauner Kandis
40 g getrocknete	2 Anissterne	nach Wunsch
	2 Nelken	

Den Apfel mit heißem Wasser waschen, dünn abschälen und die Schale in 4 Stücke teilen. Das Fruchtfleisch in ½ cm große Würfel schneiden. Die Mandarinen sehr dünn schälen, so dass noch weiße Haut übrig bleibt. Die Aprikosen würfeln und die Sauerkirschen fein hacken. Die Gewürze in einen Mörser geben, die Zimtstange in Stücke brechen. Mit einem Stößel die Gewürze grob zerstoßen. Alle Zutaten mit 800 ml kochendem Wasser aufbrühen und 8 Minuten ziehen lassen. Die Mandarinen auspressen und in die Kanne gießen. 4 Teegläser mit Kandis (Teezucker) und Apfelschalen bestücken und den Tee hinein sieben. Nach Geschmack Milch dazu servieren.

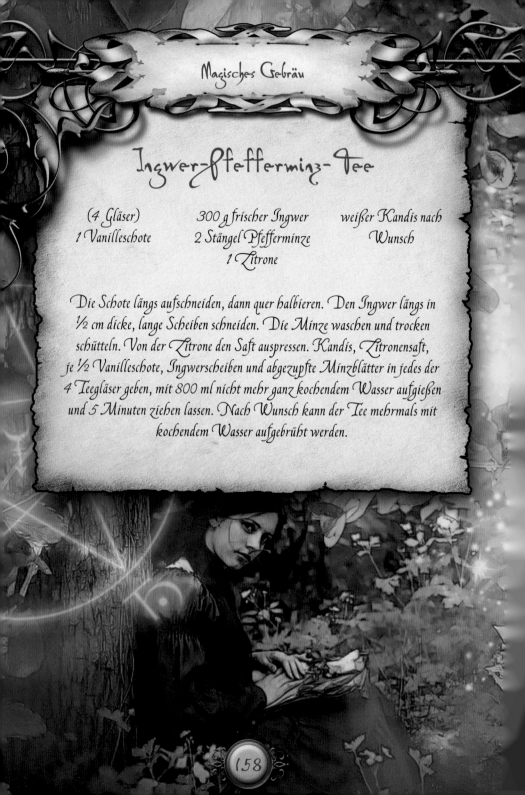

Ingwer-Pfefferminz-Tee

(4 Gläser)
1 Vanilleschote

300 g frischer Ingwer
2 Stängel Pfefferminze
1 Zitrone

weißer Kandis nach
Wunsch

Die Schote längs aufschneiden, dann quer halbieren. Den Ingwer längs in ½ cm dicke, lange Scheiben schneiden. Die Minze waschen und trocken schütteln. Von der Zitrone den Saft auspressen. Kandis, Zitronensaft, je ½ Vanilleschote, Ingwerscheiben und abgezupfte Minzblätter in jedes der 4 Teegläser geben, mit 800 ml nicht mehr ganz kochendem Wasser aufgießen und 5 Minuten ziehen lassen. Nach Wunsch kann der Tee mehrmals mit kochendem Wasser aufgebrüht werden.

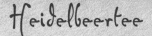

Heidelbeertee

(6 Gläser)	3 unbehandelte Orangen	5 Nelken
50 g feiner Zucker	2 EL loser Schwarztee	½ Zimtstange
300 g Heidelbeeren	(z. B. Earl Grey)	50 ml Rum
(frisch oder TK)	150 g weißer Kandis	

Den Zucker mit den Beeren mischen und ziehen lassen. Die Orangen heiß waschen, trocknen und etwas Schale dünn abschälen. Alle Orangen halbieren und den Saft auspressen. Aus 1 Liter sprudelnd heißem Wasser und dem losen Tee einen Schwarztee zubereiten und 5 Minuten ziehen lassen. Die Orangenschale mit dem Kandis und den Gewürzen hinein geben und rühren, bis sich der Kandis auflöst, dann den Orangensaft, den Rum und die Früchte in ihrem Saft hinzu fügen. Das Getränk erwärmen, nochmals einige Minuten ziehen lassen und in die Gläser sieben.

Krötenschleim (alkoholfrei)

(4 Gläser)	1-2 EL Zucker	800 ml Milch
3-4 Bananen	Saft von ½ Zitrone	

Die Bananen schälen, pürieren, mit Zucker und Zitronensaft abschmecken, mit der Milch auffüllen und nochmals mixen.

Energietrank

(1 Glas)	1 Blatt Salbei	je 1 Prise Zimt,
12-15 Minzblätter	3 Tropfen rote	Zucker
5-8 Rosmarinblätter	Lebensmittelfarbe	

Die Kräuter waschen, in einer Schale bei Räucherstäbchenduft trocknen lassen und mit 100 ml Wasser aufkochen. Die restlichen Zutaten dazu geben und gut umrühren. Den Trank abkühlen lassen und in ein Gefäß füllen. Siebenmal schütteln und dabei einen Zauberspruch aufsagen, am besten einen selbst erfundenen. Wem nichts einfällt, der kann sich auf diesen hier verlassen:

„Energie, Mut und Kraft – bei Erde, Feuer, Wasser, Luft!
Fließ in mich hinein, lass mich stark und glücklich sein!"

Cocktail „Lustige Witwe"

| (1 Glas) | 20 ml Mandarinenlikör | 1 EL Erdbeer-Eis |
| 20 ml Irish Whisky | 40 ml Dosenmilch | |

Alle Zutaten im Shaker mit Crushed Ice mischen und in einem Ballonglas mit Trinkhalm servieren.

Cocktail „Zahme Annette"

(1 Glas)
3 Eiswürfel
20 ml Sahnelikör
20 ml süße Sahne
10 ml Aprikosenlikör

Alle Zutaten im Shaker kräftig mischen und in ein Cocktailglas geben.

Pink Kiss

(1 Glas)   40 ml Himbeerlikör   Orange Bitter
mehrere Eiswürfel   20 ml Wodka   Sekt zum Auffüllen
10–12 frische Himbeeren   2 Spritzer   1 Orangenscheibe

Die Eiswürfel und darüber 8–10 Himbeeren in den Shaker legen.
Himbeerlikör, Wodka und Orange Bitter dazu geben und gut, aber vorsichtig
rühren und in ein Cocktailglas geben. Mit eisgekühltem Sekt auffüllen. Die
Orangenscheibe auf den Glasrand stecken und daran 2 Himbeeren auf einem
Cocktailspieß feststecken.

Absinth-Kir

(1 Glas)
10 ml Absinth
10 ml Crème de Cassis
(Likőr)
80 ml Sekt

Absinth und Crème de Cassis in ein Sektglas geben und mit Sekt auffüllen.

Teufelstrank - extra scharf!!!

(1 Glas)   12 Tropfen Tabasco   (mindestens 40%)
20 ml Himbeersirup   60 ml Wodka

Alle Zutaten in ein schmales, hohes Schnapsglas füllen. Heiße
Trinkempfehlung: Ex und hopp! Es schmeckt teuflisch scharf und himmlisch
süß zugleich – kein Drink für schwache Nerven und besser als jede Flugsalbe,
wie man sagt....

Walpurgisnacht-Bowle

(2 Liter Bowle)	Waldmeister	2 Flaschen Sekt
2 Handvoll frischer	1 l Weißwein	

Sie darf zu keinem Walpurgis-Beltanefest fehlen! Waldmeister, in der richtigen Dosierung genossen, hat enthemmende Wirkung, und schmeckt auch noch göttlich! Dazu im Wald ein Sträußchen Waldmeister pflücken: vor der Blüte, da sonst der Gehalt der wirkenden Stoffe zu hoch ist. Das Sträußchen mit einem Faden binden und 2-3 Stunden aufhängen. Duft und Aroma entfalten sich erst beim Welken. Dann das angewelkte Bündel kopfüber so in eine Karaffe mit dem Wein hängen, dass die Schnittstellen der Stiele oberhalb des Weinspiegels bleiben (zum Beispiel an einen Kochlöffelstiel binden und diesen auf die Karaffe legen). 3 Stunden ziehen lassen, das Kraut entfernen (nicht wegwerfen, ergibt getrocknet ein gutes Antimottenmittel!) und kühl stellen. Je nach benötigter Menge mit bis zu 2 Flaschen Sekt auffüllen.

Amerikanischer Eierpunsch

(6 Gläser)	100 g Zucker	200 ml brauner Rum
5 Eier	1 l Milch	Muskat

Die Eier trennen. Die 5 Eigelb mit dem Zucker schaumig rühren. Die 5 Eiweiß nach und nach in die Milch rühren und dabei erhitzen, dann den Rum und zum Schluss die Eigelbcreme dazu geben (nicht mehr kochen!) und mit frisch geriebenen Muskat bestreuen.

Winterzauber

(6 Gläser)   3 unbehandelte Orangen   1 EL Zimt
1 Flasche Apfelsaft   3 unbehandelte   4 EL Honig
Zitronen

Den Apfelsaft in einem großen Topf erhitzen. Die Orangen und Zitronen
auspressen und den Saft hinein geben. Den Zimt und den Honig hinein rühren,
in vorgewärmte Gläser füllen und diese vor dem Servieren mit einigen zurück
behaltenen Orangen- oder Zitronenscheiben garnieren.

Heiße Pflaume

(1 Glas)
100 ml Pflaumenlikör
2 EL süße Sahne
1 Prise Zimt

Den heißen Likör in ein Teeglas füllen. Die Sahne schlagen,
als Häubchen obenauf setzen und Zimt darüber streuen.
Mit Strohhalm servieren und sofort genießen.

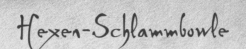

Hexen-Schlammbowle

(3 Liter)
2 Gläser Sauerkirschen
1 Flasche Wodka
2 Flaschen
Sauerkirschsaft
1 l Vanille-Eis

Die Kirschen mit ihrem Saft in ein Bowlegefäß geben, den Wodka dazu gießen und über Nacht ziehen lassen. Den Sauerkirschsaft und kurz vor dem Verzehr das Vanille-Eis in Stücken hinein geben.

Hexenblut (alkoholfrei)

(3 Liter)   2 unbehandelte Orangen   1½ l kalter
                   1½ l Blutorangensaft   Hagebuttentee

Dieser Punsch ist für alle Hexen, die keinen Alkohol mögen, oder auch für Hexenkinder. Von den Orangen etwas Schale spiralförmig abschälen und den Saft auspressen. Mit den anderen Zutaten in ein Bowlegefäß geben und mit den Schalen-Spiralen verzieren.

Maibowle Turbostaubsauger

(3 Liter)
1 Strauß
Waldmeister (oder

Waldmeistersirup)
2 l Apfelsaft
1 l Zitronenlimonade

Den Waldmeister 24 Stunden im Apfelsaft ziehen lassen. Vor dem Servieren die gekühlte Zitronenlimonade dazu geben. Statt Waldmeister kann ein Schuss Waldmeistersirup genommen werden.

Melonen-Kiwi-Bowle (alkoholfrei)

(ca. 1 Liter)
4–5 Kiwis

Melonenstücke nach Belieben
¼ l Fanta Mandarine

½ l Cola
2 EL Zitronensaft

Die Früchte schälen und klein würfeln, mit den Getränken und dem Zitronensaft in ein Bowlegefäß geben, kühl stellen und servieren.

Holunderblütenlikör

(3 Flaschen)   1 l Mineralwasser   700 g Zucker
35 g Ascorbinsäure   15 Holunderblütendolden   2 Flaschen Korn (38 %)

Die Ascorbinsäure (aus der Apotheke) im Mineralwasser auflösen, und
den gesäuberten Holunder hinein legen. 12–15 Stunden ziehen lassen, gelegentlich
umrühren, dann abseihen. Den Zucker hinein rühren, die Flüssigkeit abmessen
und zu gleichen Teilen mit Korn auffüllen. In Flaschen füllen und dunkel
4 Monate lagern, bis der Likör einen zartgelben Glanz annimmt.

Zischender Hexenkessel (alkoholfrei)

(3 Liter)   1 l kalter, gesüßter   Zitronenlimonade
1 große Portion   Pfefferminztee   frische
Eiswürfel   Saft von ½ Zitrone   Pfefferminzblätter
     2 Flaschen

Alles in den Hexenkessel oder ein Bowlegefäß geben und mit den
Minzblättern dekorieren.

Liebestrank

(½ Liter)
3 Tropfen Lavendelöl
5 Tropfen Jasminöl
100 g frische
Brennnesseln
1 Stück Rosenquarz

Die Öle mit den gut gewaschenen Brennnesseln in ½ Liter kochendes Wasser geben und ½ Stunde oder länger ziehen lassen (je nachdem, wie heiß die Liebe werden soll). Die Blätter heraus nehmen und die Flüssigkeit in eine sichere Flasche füllen. Einige Tropfen davon in das Getränk des Angebeteten geben oder den Rosenquarz damit einreiben und immer bei sich tragen. Kein Junge kann da widerstehen!

Tipp: Die Flasche auf dem Fensterbrett aufbewahren, so verliert sie nicht an Kraft. Wichtig: Die Brennnesselblätter nicht vom Straßenrand, sondern in einem Wald pflücken. Am Straßenrand haben sie nur noch negative Energien.

Hexenlikör

(1 Flasche)
20 g Waldmeister
60 g Melisse
45 g schwarze
Johannisbeeren

15 g Thymian
9 g Pfefferminze
8 g Estragon
8 g Pimpernelle
5 g Salbei
3 g Lavendel

3 g Veilchen
20 g Johanniskraut
1 l Wein
¼ l Kirschsaft
1 EL Zitronensaft

Alle Zutaten (nach Bedarf gesäubert) in eine Glasflasche geben, 1 Woche ziehen lassen und abseihen: Fertig ist der Hexenlikör, gesund für Nerven und Magen.

Fluchlöser

(1 Flasche)
225 g Perlgraupen
4 – 5 getrocknete Feigen
110 g Rosinen
Schale von ½
unbehandelten Orange
1 Zitronenscheibe

Die Graupen in 750 ml Wasser gar kochen. Die Flüssigkeit abseihen und die Trockenfrüchte mit der Orangenschale darin weich kochen. Die Zitronenscheibe über der Mischung ausdrücken, abkühlen lassen, abseihen und nur die Flüssigkeit trinken. Die Fruchtmischung für Kuchen oder Törtchen weiter verwenden.

Ritualwein

(1 Liter)
1 l lieblicher Rotwein
2 TL Gewürznelken
2 TL Zimt
2 TL Anis
3 EL Waldhonig

Dieser Wein wird in einer Vollmondnacht gebraut. Die Hälfte des süßen Rotweins mit den Gewürzen aufkochen, 10 Minuten kochen und 1 Esslöffel Waldhonig hinein geben. Über Nacht den Trank ans Fenster stellen, so dass das Licht des Vollmondes sich darin spiegeln kann. Am nächsten Tag den Rest Honig und den übrigen Wein dazu geben, abseihen, in eine schöne Flasche abfüllen und mindestens noch eine Woche stehen lassen. Verstärkt die Wirkung sämtlicher Hexenrituale.

Colcannon (für Samhain/ Halloween)

(4 Portionen)
½ kg Kartoffeln
½ kg Weißkohl
1 Frühlingszwiebel

3 EL Butter
Salz, Pfeffer, Muskat
200 ml Milch
1 Bund Petersilie
100 g Speckwürfel

Die Kartoffeln garen, schälen und fein zerstampfen. Den Kohl waschen, putzen, zerkleinern, 10–15 Minuten in ausreichend Salzwasser dünsten und abtropfen. Die Frühlingszwiebel waschen, putzen, in Ringe schneiden, mit dem Kohl in der Butter zart andünsten, im Wechsel mit der Milch zu den Kartoffeln geben und kräftig würzen. Die Petersilie waschen, trocken schütteln, hacken und zum Servieren darauf streuen; nach Wunsch gebratene Speckwürfel dazu reichen. Früher war Colcannon eine Hauptspeise, heute dient es als Beilage zu Fleischgerichten wie Wild, Hammel, Geflügel, gekochtem Schinken, Steaks oder Schweinefleisch mit Maronen und Knoblauch.

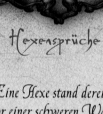

Hexensprüche

Eine Hexe stand dereinst
vor einer schweren Wahl.
Welch' Zauber sie heut' zaubern soll,
ob Magie oder gar Ritual?

So wusst' sie nicht, was tun sie muss,
wollt niemanden verdammen.
Sie kam deshalb zu keinem Schluss
und ging halt Pilze sammeln.

(Stella die Wandelnde, Vordenkerin des Vogelsberger Zirkels)

Fabula die schwarze Witwe,
sie lebte einst in Salem.
Sie erfüllte manche Bitte,
gab man ihr schöne Gaben.

So manche Maid fand zu der Frau,
in ihrer schweren, bittren Not.
Sie wusste viel, denn sie war schlau,
und brachte einiges ins Lot.

Auch manches Mannsbild aus der Gegend
kam meist zu ziemlich später Stunde,
heimlich und auch meist verlegen.
Hofft', es macht' nicht gleich die Runde.

Doch mochten nicht und hassten gar
die Weiber aus dem keuschen Ort
die weise Frau so wunderbar.
Drum jagten sie Fabula fort.

(Freiburger verlorene Chroniken, 1567)

Es lebten vor nicht langer Zeit,
ein Rabe und 'ne Hexe.
Krabat hieß er und er war frei,
die Hexe ihn sehr schätzte!

Sie hatten Spaß und hexten viel,
ein schönes und perfektes Paar.
Taten nur, was gut gefiel,
und hofften, dies währt immerdar.

Doch in einer finstren Nacht,
es war so schlimm und fast unglaublich,
Krabat sich hat davon gemacht.
Die Hex' ist heut noch traurig.

(Jeannette die Wechseljährige, Pforzheimer Loge)

Ein jeder Hex und auch die Hexe
braucht einen schwarzen Kater.
Das ist die Regel, nicht die letzte,
denn sie brauchen den Berater.

Er hilft gern bei Fluch und Bann,
er kennt sich aus und steht dir bei.
Dämonisch er dir helfen kann,
bei deiner finstren Hexerei.

Den rechten Namen du ihm geben musst,
so viel ist klar, das ist halt so.
Sonst wird das nichts, sei's dir bewusst.
Mein Kater heißt Mephisto.

(Auszählreim der Budapester Schwarzen Akademie)

Kochbücher,
Format 15,3 x 21,5 cm, 176 Seiten, € 5,-

Felix qui potuit rerum cognoscere causas.

(Vergil)

Impressum

© OTUS Verlag AG, Wiesenstrasse 37, CH-9011 St. Gallen, 2014, www.otus.ch

Viele weitere Informationen findest du auf unserer Facebook-Fanpage: www.facebook.com/otusverlag

Konzeption und Illustrationen: Eckhard Freytag

Text: Jeannette Schrönghammer

Layout und Satz: Bärbel Bach

ISBN: 978-3-03793-428-9